KB171182

소방관들을 위한
특별한 한 끼

소방관들을 위한 특별한 한 끼

강제규 에세이

사회복무요원의 119안전센터 특식 일지

ㅊㄴㅁ

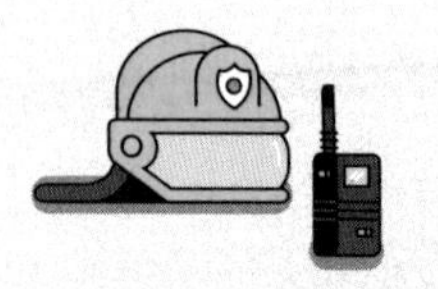

프 롤 로 그

대한민국 남성은 '대한민국헌법'에서 정하는 바에 따라 병역의무를 성실히 수행하여야 한다.

대학교 신입생 시절, 동기 하나가 '신검' 받기 전부터 함께 해병대에 가자고 자주 이야기를 했다. 나도 같이 갈 생각이었다. 떨리는 마음으로 신검을 받았는데 군의관은 내 허리가 이상하다며 정밀검사를 하자고 했다. 척추측만증이 너무 심하다는 판정을 받았다.

"이 몸으로는 현역 못 가요."

최종 결정하는 곳에 앉으니 담당 공무원이 말했다. 내가 바로 대답하지 못하자 나지막하게 덧붙였다.

"공익 가는 게 맞는 것 같아요."

……난 해병대고 뭐고 바로 "네."라고 대답했다.

그렇다. 나는 흔히들 신의 아들, '공익'이라고 불리는 4급 사회복무요원이다. 친구들과 군대 이야기를 할 때면 "뭐가 힘드냐? 공익은 빠져." 놀림감이 되지만 나름 자랑스러운 군 생활을 했다.

소방서 사회복무요원으로 근무하면서 환자도 살려봤고 화재 현장에도 출동해봤다. 화재 예방과 심폐소생술 홍보도 하러 다녔다. 그중 가장 자신 있게 말할 수 있는 건 119안전센터 구내식당에서 밥을 한 일이다. 식당 이모님이 안 나오시는 날에 내가 식사 준비를 했다. 직원들은 '특식 먹는 날'이라고 좋아했다. 나는 고등학교 1학년 때부터 정규수업 끝나면 야간자율학습을 하지 않고, 집으로 돌아가 저녁밥을 차렸다. 당시 내 이야기는 '입시 공부 바깥에서 자기만의 삶을 찾아가는 한 소년의 이야기'라고 포장되어(?) 〈소년의 레시피〉로 출간되었다. 엄마가 쓴 책이었다.

어느 날, 병무청에서 사회복무요원 체험 수기를 제출

하면 특별휴가 및 부상을 준다는 공문이 내려왔다. '이런 게 있구나.' 나는 무심코 넘겼다가 '특별휴가'에 끌렸다. 119안전센터의 대기실과 지령 컴퓨터 앞에서 스마트폰으로 글을 썼다. 요양원이나 학교에서 근무하는 사회복무요원들은 출동 같은 걸 하지 않을 테니까, 나만이 쓸 수 있는 체험 수기일 거라고 생각했다. 출동하는 직원들을 가까이에서 보면서 느낀 것과 가끔 같이 출동 나가서 생기는 에피소드를 주제로 삼아 썼다. 운이 좋게 이 글로 특별휴가 3일을 받았다.

밥 차린 이야기를 썼으면 대상을 받을 수도 있었을까. 119안전센터에서 밥하는 게 재밌어서 메모장에 습관적으로 기록해둔 게 있었다. 간간이 친구들과 가족에게 자랑거리 삼아 이야기를 해줬는데 더 듣고 싶어 했다. 그래서 '119안전센터 특식 일지'를 썼다. 그게 바로 이 책이다.

차례

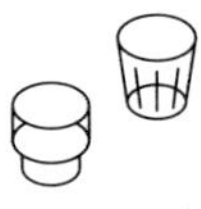
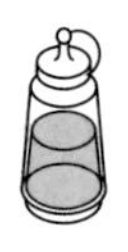

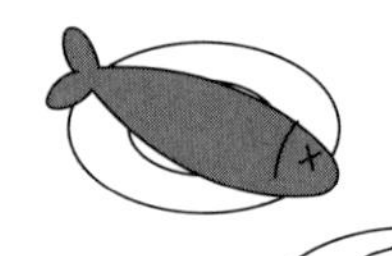

01

점심을 제가 준비해도 되겠습니까?

돼지 앞다리살 수육

나는 사회복무요원. 흔히들 신의 아들, 공익이라고 부르는 4급이다. 우리 지역은 대기하는 사람들이 많아서 그런지 공익 자리가 너무 안 났다. 결국 산업체로 빵 공장에 들어갔는데 일도 고되고 같이 일하는 사람이 너무 별로여서 한 달 일하고 도망쳤다.

나약하다고 욕해도 할 말이 없다. 엄마보다 나이 많은 '이모'들이 아들 같다고, 기특하다며 잘해줬지만, 단순 노동이 주는 고단함, 잘 맞지 않았던 관리자, "인턴 3~6개

월을 거친 후에야 산업체로 인정받을 수 있다."는 말을 듣고는 2년 이상 빵 공장에서 버틸 자신이 사라졌다.

도망친 나는 영장이 나올 때까지 프랜차이즈 페밀리 레스토랑 주방에 들어갔다. 지금까지 내가 일했던 대형 마트의 분식집, 큰 레스토랑, 그리고 대학교에서 보고 배우고 해왔던 일이라서 쉽게 적응했다. 계약을 연장하려는 그다음 해 1월 무렵, 영장이 날아왔다. 미련 없이 퇴사서에 사인을 했다.

아니, 거짓말이다. 사실 미련이 많았다. 조금만 더 하면 정규직 이야기가 나올 것 같았고 같이 일한 사람들도 정말 마음에 들었다. 무엇보다 아쉬운 건 퇴직금. 조금만 더 근무하면 퇴직금이 나올 상황이었다. 친구들 SNS에는 누군가 상병을 달았다고, 누군가는 벌써 전역했다는 소식이 올라와 있었다. 더는 미룰 수 없었다.

복무지는 우리 도시 군산의 본 소방서. 나는 각종 잡일과 환자 구급 보조를 했다. 약 1년 정도 근무를 한 뒤에 군산에서 가장 바쁘다고 소문난 119안전센터로 발령이 났다. 본서에 비하면 정말 작은 센터였다. 그렇지만 주간에 구급 출동이 9건 넘게 있을 정도로 바쁘게 돌아가는 곳이었다.

나는 낯을 많이 가리고 부끄러움이 많다. 남들 앞에 서서 내 이야기를 하는 것도 어려워한다. 두려움을 뒤로 하고 센터에 들어가 인사를 했다.

"새로 발령받은 사회복무요원 강제규입니다."

전에 있던 센터에서 스쳐 가며 보았던 반장님들(소방사, 교, 장까지 통틀어서 반장. 소방위 이상부터 주임, 경력이 오래된 장 혹은 위가 보조인력 지도관을 맡는다.)이 나를 알은체 해주셨다. 낯가림이 많은 나로서는 다행이었다.

센터에서 친한 의무소방원이 반갑게 인사해주며 나에게 해야 하는 일들을 인수인계해 주고 담배를 피우러 가자고 했다. 흡연장에서 우리끼리 이야기를 했다.

"바쁜 센터고 본서에서처럼 열심히 근무하고 싹싹하게 하면 잘 적응할 거야."

그다음 그가 덧붙이는 말.

"그리고 센터의 실세는 식당 이모님이야."

웃으며 말해준 의무소방원은 본서로 돌아갔다.

출근한 지 4일 정도 지났을까? 새롭고 낯선 환경에 적응하고 있던 나에게 본서에서부터 안면이 좀 있는 신연식 반장님이 말을 걸었다.

"제규야, 오늘 식당 이모님이 갑자기 일이 생겨서 그러는데 점심 뭐 시켜 먹을까?"

무슨 용기가 났던 걸까. 인정받고 싶은 욕구였던 걸까. 나는 바로 말했다.

"반장님! 저 요리사 출신입니다. 혹시 괜찮다면 점심을 제가 준비해도 되겠습니까?"

반장님은 놀라는 눈치였다. 이런 경우는 없었으니까. 신연식 반장님은 팀장님한테 보고했고(소방서는 보고가 생명이다. 본서에서 보조 인력들을 담당했던 지도관님이 한 말이다.) 팀장님이 요리를 해보았냐고, 잘할 수 있는 게 뭐냐고 물어봤다. 아까와는 달리 우물쭈물하는 나를 대신해서 신연식 반장님이 본서에서부터 잘하던 친구라 문제없을 거라고 말해줬다.

팀 간식비에서 5만 원을 빼 온 신연식 반장님과 같이 센터 앞 마트에서 장을 봤다. 나는 속으로 생각했다.

'13명의 성인, 그것도 고된 일을 하는 사람들이 단백질 보충을 하면서 배부르게 먹을 수 있는 게 뭘까?'

메뉴를 돼지 앞다리살 수육으로 결정했다. 당시에는 앞다리살 열풍이 불기 전이라서 싼 가격에 살 수 있었다. 여담이지만 소방복 입고 장을 보면 마트 직원들이 고생한다면서 조금 더 줄 때가 있다. 이날은 월계수 잎과 수육 소스를 조금씩 더 주셨다.

"형이 뭐 도와줄까? 그럼 요리사를 하다가 온 거야? 게임은 뭐 해? 나중에 공부 좀 해서 소방 들어와! 형은 의무소방 출신이야."

2층 식당으로 올라가서 요리를 준비하는데 같이 마트에 갔던 신연식 반장님이 계속 말을 걸어주었다. 나와 나이 차이가 얼마 안 나고 같은 게임을 해서 그런지 친형처럼 금세 친해졌다. 그러는 사이에 식당에 있는 스피커에서 큰 소리로 출동 벨이 울렸고 반장님은 금세 사라졌다. 긴박하게 울리는 출동 벨을 뒤로하고 나는 열심히 재료 손질을 했다.

솥뚜껑만 한 냄비에 물을 넣고 양파와 파, 마늘, 월계수 잎, 후추, 쌈장과 된장을 넣었다. 물은 조금만 넣는 게 좋다.

찌는 것처럼 조리해야 부드럽게 익는 느낌이 난다. 난 수육을 할 때 커피 넣는 걸 좋아하는데 센터에 내려가면 항상 커피가 있다. 달달한 믹스커피부터 원두까지 다 준비되어 있다. 원두커피를 챙겨서 식당에 다시 올라왔다.

재료를 다 넣은 뒤 물이 끓기 시작하면 고기를 넣는다. 뚜껑을 닫고 강불로 20분, 중불로 40분 동안 삶아주면 어느새 다 익는다. 센터 식당은 일반 가정용 가스레인지를 쓰고 식기는 업소용 대용량 솥이라서 조금 걱정이 되었다. 그럴 때는 칼이나 젓가락으로 고기의 가장 두꺼운 가운데 부분을 찔러서 확인해보면 된다. 다행히도 잘 익었다.

고기를 삶고 조금 남은 고기로는 김치찌개를 끓였다. 고기는 뜨겁게 먹을 수 있도록 냄비에 트레이를 받치고 담아놓았다. 식사가 다 준비되었다고 식사 벨을 누르자 직원분들이 올라와서 밥을 먹었다. 여기 팀에는 조리과 출신 반장님이 있는데 그분이 먹을 때가 가장 긴장되었다. 다행히도 맛있게 드셨다.

소방서에는 점심시간이 없다. 실제로 따로 점심시간

으로 정해둔 시간이 없기도 하고, 언제 출동지령이 떨어질지 모른다. 그러면 누군가는 식은 고기를 먹어야 한다. 우려했던 일이 일어났다. 구급대가 출동을 나갔다.

모두 식사를 마치고 한 시간 정도 지났을 때 구급대원분들이 컵라면을 들고 식당으로 들어왔다. 아마 음식이 식었거나 안 남았다고 생각해서 컵라면을 가져온 것 같았다. 난 혹시 몰라서 구급대 반장님들의 고기를 안 썰고 냄비에 보온이 될 정도로 데우고 있었다. 따듯한 고기를 썰어 내고 국을 데워서 식사 준비를 했다.

바쁜 직원분들에게 밥을 차려주고 센터로 내려가니 내 칭찬을 많이 하셨다. 어쩐지 쑥스러웠다. 퇴근 시간이 되어 교대근무 및 인수인계를 했다. 그날은 다른 팀들에게 내가 밥한 이야기까지 인수인계되었다. 민망해서 빨리 나가려는 순간, 교대근무 출근을 하고 장비 점검을 마친 도급과 식당 담당 설강민 반장님이 나를 불렀다.

"다음에 이런 일이 있으면, 미안하지만, 또 한 번 좀 부탁해도 될까?"

나는 고개를 끄덕이며 말했다.

"네, 좋습니다."

02

배우지 않고도 잘 만드는 음식

마파두부

하루에 나에게 떨어진 식사 준비 비용은 5만 원. 맨 처음 식사를 준비할 때는 식사 팀별 정해진 개별 간식비로 음식을 만들었다. 하지만 설강민 반장님이 각 팀장님과 센터장님에게 보고한 후 내 계좌로 5만 원을 보내주셔서 주간과 야간 식사를 책임지게 되었다. 난 이제 공식적으로 우리 센터 식당 담당이 되었다. 반복되는 일상에 지루해질 뻔했던 사회복무요원 생활에서 뭔가 특별한 보직을 맡게 되어서 기뻤다. 나는 요리하는 게 좋았고, 누군가 나의 음식을 배부르게 먹는 것도 좋았다.

지난번 수육을 준비할 때는 주간에만 5만 원을 써 넉넉하게 준비했지만 이번에는 주간 13명과 야간 9명의 식사를 준비해야 했다. 예산이 타이트했다. 결론은 원재료비가 싸고 양이 많아야 하는 음식. 고된 일을 하는 소방관에게 단백질 보충은 필수!

우선 센터 뒤 마트에 갔다. 고기 코너를 보니 돼지다짐육이 싼 가격에 진열되어 있었다. 4만 원어치 달라고 하니까 마트 직원분이 놀라서 물었다.

"소방관들이라서 많이 먹는군요. 근데 식당 이모님은 어디 가시고 왜 삼촌이 왔어요?"

"오늘 이모님 쉬셔요. 그래서 제가 요리해요."

마트 직원은 고생한다며 조금 더 나온 고깃값을 4만 원에 맞춰서 가격을 찍어주었다. 남은 만 원으로는 두부와 깡통햄을 샀다. 놀랍게도 이쪽 계산원도 똑같은 질문을 했고 나는 원래 요리사 출신이라고 말해주고 나왔다.

식당에 앉아서 뭘 할지 고민한 끝에 마파두부를 하기로 했다. 사실 중식을 배워본 적은 없다. 그 흔한 중식도를 따로 구입한 적도 없다. 자취방에 원래 있었던 싸구려 다이소 마크의 중식도 한 자루만 있을 뿐이다. 그렇지만 마파두부 하나만큼은 질리도록 만들었다.

누군가에게 정식으로 배우지 않았다. 그렇다고 식당에서 사 먹은 적이 있는 것도 아니다. 어디서 처음 만들었는지도 기억 안 난다. 그냥 오래전부터 만들어봐서 만들 줄 아는 요리, 설명하기 좀 어렵지만 그냥 만들다 보니까 맛있게 만들게 된 음식. 내게는 마파두부가 그랬다.

다진고기와 두부가 주재료인 마파두부는 5만 원 선에서 만들고 재료비가 남을 정도였다. 기본적인 굴소스, 파, 양파, 마늘은 센터에 있으니까 우리 집에 굴러다니는 두반장만 가져가면 오히려 돈이 조금 남았다.

센터에서 가장 큰 솥을 꺼내 미리 달궜다. 가스레인지 화력이 가정집하고 똑같아서 큰 솥을 달구기까지 시간이 좀 걸린다. 파는 잘게 다지고 마늘은 편으로 썰어놓았다. 달궈진 솥에 기름을 두르고 파와 마늘을 넣었다. 파기름이 어느 정도 나면 다진고기를 넣는다. 다진고기는 색이 날 때까지 진하게 볶아야 잡내가 덜 난다. 볶으면서 후추, 소금, 굴소스, 두반장으로 간을 조금씩 한다. 대용량으로 조리할 땐 MSG를 꼭 넣어야 한다. 그래야 재료를 조금만 넣고도 맛이 잘 나기 때문이다.

고기가 다 익으면 간장으로 불맛을 내고 고춧가루를 넣어 빡빡하게 볶아준다. 돼지기름과 파, 마늘이 만들어 낸 기름이 고춧가루와 만나면서 맛있는 고추기름이 완성된다. 그 후 다진 양배추와 양파를 넣는다. 어느 정도 익었다면 전분 물로 농도를 맞추고 두부를 넣고 양념이 밸 때까지 끓여주면 된다.

국은 매콤한 마파두부와 잘 어울리는 계란국. 다진 고기를 파마늘기름에 볶고 물을 붓는다. 굴소스, 소금, MSG를 넣고 물이 끓을 때 계란을 풀어주면 국은 완성이다. 시간이 조금 남아서 쓰고 남은 야채와 깡통햄을 볶아 햄볶음도 하였다.

12시 되기 10분 전, 식사 벨을 누르니 직원분들이 2층 식당으로 올라오는 소리가 웅성웅성 들렸다. 교대로 식사를 하기 때문에 구급반장님들과 센터장님이 먼저 올라오셨다. 지난번 수육 만들었던 소문을 듣고 기대에 차 있어서 조금 긴장이 되었다. 다행히 다들 반응이 괜찮았다.

구급반장님들이 다 드시고 이제 경방 반장님들이 올라오셨다. 보조 인력을 지도하는 지도관님은 약간 무섭게 생기셨는데 한입 드시고 환하게 웃으며 맛있다고 엄지를 치켜세워 주셨다. 팀장님은 아빠 친구의 동생분인데 내가 요리한다는 소문을 전부터 들었다고 팀원분들에게 말해주셨다. 센터장님은 키가 엄청 크신데 그런 만큼 밥도 많이 드셨다. 한 그릇을 다 비벼 드시고 경방 반장님들이 밥을 푸는 줄 뒤에 가서 한 그릇을 더 드셨다.

"제규 덕분에 제가 좀 편해졌어요. 시켜 먹었으면 10만 원 깨지는데!"

도급 담당 설강민 반장님은 날 띄워주셨다. 다들 맛있게 먹고 있는데, 갑자기 출동 알림 소리가 크게 울렸다. 경방 반장님들은 입에 남은 밥들을 욱여넣고 뛰쳐나갔다.

설거지와 뒷정리를 하고 내려가니 설강민 반장님이 흡연실에서 나를 불렀다. 반장님은 항상 출동 후에 나와 담배를 한 대 태우신다. 현장에서 있던 일을 말해주실 줄 알았는데 고맙다는 얘기를 꺼내셨다.

"네 덕분에 예산 빵꾸 안 난다. 앞으로 이모님 빠지는 날에는 부탁한다."

반장님은 잘 먹었다고 내 어깨를 두드려주고 장비를 뒷정리하러 가셨다. 인정을 받았다는 사실에 가슴이 뜨끈해지는 기분이었다.

센터에서 조금 쉬다가 저녁 준비를 하러 올라갔다. 주간과 똑같이 조리하면서, 중간중간 출동 벨이 울려서 센터가 비게 되면 가스레인지 불을 다 끄고 센터에 내려가서 지령 컴퓨터 앞에서 대기했다. 주간에 조금 남은 밥으로 중식 계란볶음밥을 했다. 누군가 올라오는 소리가 들렸다. 센터장님이었다. 아마 식당 옆 대기실에서 휴식을 취하려고 올라오신 것 같았다. 볶음밥 냄새를 맡으시고는 옆에 와서 군 생활 안 힘드냐며 나중에 뭐 할 거냐며 이런저런 얘기를 물으셨다. 그러고는 밥을 달라고 하셨다. 나는 볶음밥과 마파두부 한 그릇을 내어드렸다.

"잘 먹었어! 아들~ 출동 벨 울리면 알려줘!"

센터장님은 장난기가 많으셔서 항상 직원들이나 나를 "아들~!" 혹은 "○○이 형!"이라고 부르신다. 현장 일이 고되셨던 모양인지 순식간에 드시고 대기실로 들어가셨다.

바쁘게 야간 식사를 준비하다 보니 5시. 야간 반장님

들이 슬슬 출근하셨다. 다들 한 번씩 보시고 기대한다며 말을 건넸다. 아마 주간 반장님들이 자랑한 것 같았다. 젊은 반장님들은 "형~ 제규가 요리한 거 봤어요? 와! 지려요ㅋㅋ"라고 하셨다. 내 또래의 말투였다.

야간 반장님들은 대기실에서 옷을 갈아입으며 이야기를 하다가 50분이 되니 인수인계를 위해 내려가셨다. 어느새 나도 퇴근 시간이었다. 센터에 인사를 드리니 다들 오늘 고생했다며 고맙다고 말씀해주셨다.

야간팀인 박은성 반장님에게 "마파두부랑 국 데워서 드세요."라고 메시지를 보냈더니 답장이 하나 왔다.

마파두부 양이ㄷㄷㄷ. 손이 진짜 크네요!

주간에 쓰고 남은 재료를 다 넣으니 양이 좀 많긴 많았다. 남을까 봐 걱정이었는데 다음 날 출근했더니 야간팀이 아침 식사로 깨끗하게 다 비우셨다. 다들 맛있게 드신 것 같아서 기분 좋은 아침이었다.

03

출동 다녀와서 후다닥 준비한 밥상

돼지간장조림과 깻잎장

코로나 확진자가 매일 1,000여 명씩 발생하는 날들이었다. 지방 소도시에 있는 조그만 119안전센터도 정신없었다. 그날은 해외입국자 이송 지원을 자차로 가야 했다. 탱크차 운전 이원빈 반장님이 우리 지역에서 입국하는 사람을 이송해 오는 업무였다. 이원빈 반장님이 안 계시니까 지도관님과 내가 탱크차를 타야 했다.

그날은 안전센터와 가까운 주공아파트에서 구급 출

동이 연달아 세 건 일어났고, 펌프차는 펌프차대로 벌집 제거 지령서가 계속 울렸다. 하필 식당 이모님도 안 계신 날이었다. 나는 전날에 미리 식당 담당 반장님에게 연락을 받았다.

안전센터가 바쁘게 돌아가는 오전 9시 30분쯤, 지도관님이 시설 점검과 출장을 같이 나가자고 하셨다. 나는 속으로 생각했다.

'아, 밥해야 하는데…….'

내 마음을 읽으셨는지 지도관님은 다정하게 말씀하셨다.

"30분이면 끝나. 간단한 시설 점검이야. 갔다 와서 밥해도 안 늦을 거야."

머릿속으로 계산해보니 10시에 끝나서 장 보고 서두르면 12시 점심시간에 맞춰서 식사 준비를 다 할 수 있을 것 같았다.

출동 벨이 울리고 지령서가 내려왔다. 스피커에서 "지곡 탱크 업무 운행 있습니다."라는 소리가 들렸다. 나는 확인 벨을 누르고 탱크차에 탔다.

지도관님과 시설 점검 나간 곳은 센터에서 가까운 아

파트. 우리는 관리사무소로 가서 말했다.

"시설 점검 나왔습니다."

연세가 있어 보이는 관리소장님과 소방안전관리자님이 나오셨다. 관리소장님과 지도관님이 아파트의 비상등과 화재경보기를 점검하고 나는 그 옆에서 장비를 들고 업무 보고용 사진들을 찍었다. 옥상 비상구와 비상등을 확인하기 위해 아파트 꼭대기까지 올라갔다가 내려가기를 여러 번 반복했다. 숨이 턱턱 차고 무더워서 검사지에 땀이 뚝뚝 떨어졌다.

시계를 보니 이미 오전 10시가 넘었다. 최대한 긍정적으로 생각했다.

'좀더 서두르면 시간에 맞춰 요리할 수 있어.'

설마 지도관님이 오늘 내가 식사 준비하는 날이라는 걸 깜빡 잊으신 건가? 차마 당돌하게 직접적으로 묻지 못하고 슬쩍 떠보았다.

"지도관님, 오늘 점심 뭐 드시고 싶으세요?"

"너 편한 거 만들어. 다들 잘 먹어~!"

지도관님은 시간을 슬쩍 보여주며 점검 끝났으니까 인사드리고 가자고 하셨다. 아파트 관리소장님은 땀으로 범벅된 우리를 보고 안 바쁘시면 에어컨 바람 좀 쐬다 가라고 하셨다. 검사가 무사히 끝나서 기분이 좋아 보이셨다. 지도관님과 나는 관리사무소 에어컨 가까이 앉아서 땀을 식혔다. 아파트 관리소장님은 아이보리색으로 변색된 낡은 냉장고에서 검은 봉지를 꺼내오셨다.

"더운데 항상 고생하십니다. 하나 물고 가세요."

봉지 안에는 바밤바, 누가바 등 어른들이 먹는 아이스크림이 들어 있었다. 나는 바밤바 하나를 꺼내 한입 크게 먹었다. 시간은 10시 45분. 초조했다. 눈치채신 지도관님은 차분하게 말했다.

"점심 조금 늦게 먹어도 괜찮아. 팀원들도 이해할 거야."

센터에 도착하자마자 팀장님과 센터장님에게 보고하고 마트로 뛰어갔다. 이미 돼지갈비찜을 하려고 마음먹고 있었다. 내가 제공해야 하는 식사량은 23인분. 주간 근무자 13명과 야간 근무자 10명. 그러나 나에게 주어진 식사 준비 비용은 5만 원. 아무리 소방관이 국가직으로 전환되었다고 해도 부족한 예산이 확 바뀌지는 않았다. 식당 도급 담당 설강민 반장님은 같이 담배 피우면서 항상 예산이 타이트하다는 말을 하곤 했다.

돼지갈비를 쓰면 주간팀까지는 먹는데 야간팀이 부족할 것 같았다. 결국 돼지 앞다리로 혼자 타협했다. 이렇게 되면 돼지간장조림이긴 하지만 갈비 맛이 나니까 어느 정도 이해해주시겠지. 나는 장을 봐서 센터 식당으로 빨리 올라갔다.

큰 고깃덩이를 적당한 크기로 숭덩숭덩 자르고는 양파, 당근, 파를 손질했다. 소스는 고등학생 때 한식 조리기능자격증 따며 배운 대로 만들었다. 다진 마늘, 간장, 물엿, 참기름, 파, 얇게 썬 편마늘. 달달하고 짭짤한 간장양념 맛이다.

큰 솥에 고기를 살짝 볶다가 양념이랑 같이 졸였다. 숙성할 시간이 부족했다. 갈비만 하면 상차림이 너무 부족하니까 이전에 먹고 남은 깻잎으로 깻잎장을 만들었다. 점심 준비하다가 식당 이모님한테 배운 건데 깻잎장과 깻잎무침 사이에 있는 반찬이다. 숙성할 필요가 없고 금방 할 수 있어 후다닥 만들었다. 간장, 식초, 물엿, 고춧가루, 다진 마늘, 파로 양념을 만들어 깻잎에 재빠르게 버무리는 음식이다. 갈비에 넣고 남은 감자와 버섯으로는 된장국을 끓였다. 손발이 쉴 틈 없이 움직이는 동안 순식간에 시간이 지나갔다.

12시. 식사 벨을 눌렀다. 진짜 바쁘게 움직였다. 친구가 하는 요리 게임을 실사 버전으로 재현한 느낌이었다.

직원분들이 올라오는 걸 보면 1팀은 항상 재밌다. 실례되는 말일지도 모르지만 대식가들이 많고 평균 나이도 가장 적어서 남자고등학교 식사시간을 보는 느낌이다. 식당은 순식간에 북적북적해졌다. 잘 먹었다는 소리를 들은 뒤에 나는 설거지를 하고 담배를 태우러 흡연실로 내려갔다. 나보다 한 살 많은 반장님이 담배를 피우고 있다가 말했다.

"제규야, 오늘 코로나 해외입국자 지원 나간 이원빈 반장님 2시쯤에 도착한대. 밥 좀 남겨놔 줘."

나는 다시 식당으로 올라가서 고기를 미리 양념해 놨다. 주간팀에게 숙성 안 한 고기를 차려드려 마음에 걸렸다.

'고기도 미리 양념해 놨겠다, 국만 후딱 끓이고 좀 쉬어야지.'

나는 국까지 다 끓여놓고 나서 대기실에 들어가 귀에 이어폰을 꽂았다. 13인분의 음식을 50분 만에 준비하고 혹시나 직원들이 식사를 못 하는 불상사가 생길까 봐 긴장했었다. 누워서 좋아하는 음악을 듣고 있으니 긴장이 풀렸나 보다. 어느새 스르르 잠이 들었다.

밖에서 조심스럽게 식기 부스럭거리는 소리가 났다. “띵” 울리는 전자레인지 소리에 나는 벌떡 일어났다. 대식가인 센터장님이 두 그릇째 드시나 생각하며 문을 열었다. 코로나 해외입국자 이송 지원하고 돌아온 이원빈 반장님이셨다.

“어, 제규야. 깼어? 미안.”

“아닙니다. 잠깐 졸았습니다. 후딱 국 데워 드릴게요. 야간팀 고기 재어놨는데 후딱 구워 드릴까요?”

“아냐, 괜찮아! 우리 팀 먹고 남은 거 전자레인지에 돌렸어.”

“반장님, 다 드시고 그릇은 담가만 두세요.”

내가 그렇게 말했지만 식사를 마친 반장님은 설거지까지 다 해놓고 센터로 내려가셨다. 코로나 시국에 이렇게 희생하시는 것도, 고된 소방관 일을 버티어내는 체력과 정신력도…… 항상 존경스럽다.

04

소방서 보조 인력이 떠주는 회는 처음이야

놀래미회와 매운탕

소방서에는 구급, 경방, 구조 외에 방호, 홍보, 예방, 도급, 서무 등 다양한 보직이 있다. 그중 도급을 맡고 계신 반장님이 있다. 도급 담당 설강민 반장님이 식당과 도급 둘 다 담당하셨지만 업무 유연성을 위해 바뀌었다. 도급은 설강민 반장님, 식당은 간호사 출신 박은성 구급반장님으로. 박은성 반장님은 내 옆자리에 앉으셔서 출동 없는 틈틈이 식당 재료 발주를 넣고 식당을 관리하신다.

맨 처음 센터에서 밥을 차렸다는 소문이 돌고 나서 맞은 다음 주간 근무날이었다. 아침 인수인계 및 장비 점검이 끝나고 다들 모닝커피와 흡연을 위해 흡연실에 모여 있었다. 설강민 도급 반장님이 먼저 굉장히 놀라면서 말씀하셨다.

"제규야! 다른 직원들이 다 칭찬하시더라. 미안한데, 다음에 이런 일 있으면, 형이 좀 부탁할게."

난 좋다고 했다. 그 후로 설강민 반장님과 같이 장을 보고 센터에 필요한 물품 도급도 같이 했다. 나와는 나이 차이가 좀 났지만 그게 무색할 만큼 친해진 반장님. 항상 형이라고 부르라고 하시는데, 그 말은 입에 잘 안 붙었다.

설강민 반장님은 거의 매일같이 예산 관리하고 마트에서 물품 사 오고 발품 팔아서 센터 유지 및 보수를 하는데, 옆에서 같이 작업하면서 많은 걸 배웠다. 반장님은 정말 좋은 사람이었다. 특히 흡연장 천막을 설치할 때, 일일이 사이즈 알아보고는 싸면서 좋은 공업사 찾아가느라 반장님이 엄청 고생하셨다. 심지어 황금 같은 비번날에 처리했다.

사실 설강민 반장님과는 학연 혈연 흡연 중 마지막 때

문에 더 친해진 것 같다. 센터에서 근무하다가 중간중간에 같이 흡연실에서 만날 때면, 반장님은 쉬는 날에 가는 낚시 이야기를 해주셨다. 이 팀에는 설강민 반장님하고 팀장님이 낚시꾼이다. 두 낚시꾼은 흡연실에서 자주 낚시 이야기를 하셨다. 그런데 놀랍게도 팀장님은 비흡연자. 흡연실에서 커피 마시며 팀원들과 이야기를 하려고 오시는 것 같았다.

설강민 반장님은 신이 난 얼굴로 낚시 포인트 중 어디가 좋다, 이게 무슨 물고기다, 이건 내가 잡은 거다 등을 이야기하셨다. 낚시보다 자동차와 게임을 좋아하는 내가 기억하는 건 자동차 타고 주말에 갈 만한 이쁜 바다 뷰였다.

"제규야! 형이 나중에 고기 잡아 오면 센터에서 회 뜰 수 있냐?"

그날도 직원분들과 이야기하며 흡연실에서 구름을 만들고 있는데 설강민 반장님이 말씀하셨다. 뱃사람들한테 떠달라고 해도 되고 낚시하는 곳 근처 횟집에서 떠줄 수도 있는데 나한테 기회를 준 거였다. 나는 한마디로 대답했다.

"많이 잡아 오세요!"

시간이 한참 흘러서 까맣게 잊고 지내던 어느 날, 센터에 앉아 대기하고 있는데 내 휴대폰으로 전화 한 통이 왔다. 설강민 반장님이었다. 들뜬 목소리가 들려왔다.

"제규야, 형이 한 40분 정도 뒤에 도착하거든. 오늘 고기 엄청 잡았다. 횟감 있으니까 한번 떠봐."

근무편성표를 보니 설강민 반장님은 야간 근무였다. 어차피 센터에서 다소 심심하게 있던 나한테는 좋은 일이었다. 반장님 차가 센터 뒤로 들어오고 나는 신난 강아지처럼 마중 나갔다. 매일 유니폼 입고 피곤해 보이던 반장님은 어디 가고, 소매 없는 셔츠 차림에 커다란 아이스박스를 멋지게 든 반장님을 보니 웃음이 나왔다. 언젠가 커다란 케이지에 거대한 유기견을 잡아 오던 지친 얼굴의 반장님과 상반되어 더 웃겼다.

우린 자연스럽게 흡연실로 가서 설강민 반장님의 무용담을 들었다. 어떻게 잡았는지, 무슨 일이 있었는지 말해줬는데 내 신경은 온통 방금 막 잡아 온 놀래미들한테가 있었다.

"제규야, 형은 집에서 씻고 올게. 좀 있다가 야간 근무 때 보자!"

만담을 마친 반장님은 횟감들을 맡기고 센터에서 나

가셨다.

고등학교 2학년 때 일식조리사 자격증을 따면서 회를 떠봤으니까 거의 4년 만이었다. 나는 아이스박스를 끌고 식당으로 올라갔다. 이모님한테 도와달라고 부탁하려 했는데 이모님이 안 계셨다. 혼자 고민하고 있었는데 도급 반장님이 카톡으로 자연산 놀래미 회 뜨기 동영상을 보내주었다.

나는 대가리를 쳐서 배를 땄다. 싱싱한 생선이라서 그런지 내장에서 기분 좋은 바다 비린내가 올라왔다. 내장을 빼고 세척 후 등뼈를 따라 3장 뜨기를 했다. 회를 썰다 보니 가운데 부분에서 실뼈가 만져졌다. 동영상에 없던 실뼈였다. 나는 설강민 반장님한테 전화로 물어봤다. 반장님은 열심히 안 해도 된다면서 대충 하라고 하셨다.

나는 생선 가운데에 칼집을 내서 앞 2장, 뒤 2장, 뼈 1장으로 분리하는 5장 뜨기를 했다. 가운데 실뼈를 따라서 조심스럽게 회를 쳤다. 처음 보는 생선으로 처음 뜨는 회였지만 나름 나쁘지 않게 작업 중이었다. 야간 식사 준비를 위해 오신 이모님이 "이게 뭔 난리여~!" 소리치셨다. 항상 톤과 텐션이 높은 분이다. 접시에 차곡차곡 담긴 회를 보고는 어디서 난 생선이냐고 물어보셨다.

"설강민 반장님이 잡아 왔어요. 괜찮게 떴나요?"

"제규는 횟집에서도 일해봤어? 잘 뜨네, 잘 떠."

이모님은 같이 식사 준비를 하면 항상 맛있는 부위를 나한테 먹어보라고 했다. '요리하는 사람의 특권'이라는 게 이모님의 철학이었다. 이모님은 그날도 가장 맛있는 횟감 부위를 집어 초장에 찍어서 내 입에 넣어줬다. 싱싱해서 더 맛있었다.

회를 다 떠서 주간팀과 야간팀이 먹을 수 있게 두 접시로 나눴다. 초장과 함께 접시에 담고 나서 센터로 내려갔다. 센터장님, 팀장님, 지도관님, 반장님들이 모두 놀랐다. 일평생 근무하면서 보조 인력이 회 떠 오는 모습을 처음 본다고 하셨다. 칭찬 세례가 너무 부끄러워서 나는 식당으로 도망갔다.

남은 뼈를 모아서 이모님을 슬쩍 봤다. 이모님은 매운탕을 끓이자고 하셨다. 이모님의 오더에 따라 나는 뒷정리를 싹 하고 사방에 튄 생선 비늘을 치웠다. 도마를 두 개 꺼내 이모님과 같이 양파, 무, 파, 냉장고에 있던 몇몇 야채를 썰었다. 이모님은 무를 강조했다. 매운탕에는 무가 꼭 들어가야 한다고. 나는 이모님이 불러주는 대로 양념장을 만들었다. 된장, 고추장, 간장, 마늘, 파, 고춧가루를 넣고 잘 섞으며 물었다.

"된장도 넣어요?"

이모님은 매운탕 끓일 때 무랑 된장은 무조건 넣는다는 말을 1층 센터까지 들릴 목소리로 말했다. 회도 드시고, 내가 국 끓이는 것까지 도와주니까 기분이 좋으신 것 같았다. 나는 생선 대가리부터 뼈까지 넣고 육수를 우렸다. 채소와 양념장을 풀고 국에 뜨는 거품들을 걷어내면서 이모님과 이야기를 나누었다.

내일은 또 뭐를 만들지, 육개장 끓일 때 고기와 야채를 한 번 더 볶아서 육수를 넣고 끓이면 맛이 더 깊다든지, 고추장삼겹살이 요즘 맛있다는 이야기를 주고받다 보니 매운탕이 완성되었다. 칼칼하면서 시원한 맛을 담고 있을 것 같은 기분 좋은 냄새가 사방에 퍼졌다. 뼈에 붙은 잔살과 국물을 떠서 먹어봤는데 진짜 맛있었다.

"밥 먹고 가~! 국도 끓이고 회도 써느라 고생했는데."

기분도 좋고 사람들과 어울려 재미나게 먹고 싶기도 했지만 나는 퇴근을 선택했다. 센터로 내려가는 길에 이모님의 큰 목소리가 들렸다.

"고기는 강민이가 잡아 오고 회는 제규가 떴어. 매운탕은 제규랑 같이 끓이고!"

출근한 야간팀 직원님분들한테 이야기하시는 모양이었다.

집에 도착했더니 설강민 반장님에게 문자 하나가 왔다.

회 대박! 여윽시 요리사다잉ㅋ

05

센터장님이 놓치기 싫어한 한 끼

시원한 콩나물국

119안전센터 최기호 센터장님은 유쾌하시다. 직원 모두가 좋아한다. 한 조직의 우두머리를 다 같이 존경하고 인정한다는 건 있을 수 없는 일이라고 생각했는데, 센터장님은 특유의 유머로 주변까지 시원시원하게 만들었다. 식재료로 따지면 시원한 맛을 주는 길쭉한 콩나물 같은 분이라고 할 수 있겠다.

항상 센터장님은 직원들이나 나를 친근하게 "아들아!" 또는 "○○ 형."이라고 부르며 다정하게 다가오신다. 지금까지 내가 본 사람 중에서 가장 키가 큰 센터장님은 잊을 수 없는 방식으로 자신의 키를 알려주셨다.

"2메다 조곰 안 된다, 아들아~"

정말로 키가 2미터 가까이 되는 센터장님과 대기실에 있을 때였다.

"아들아, 나는 키가 커서 좋다."

센터장님은 뜬금없이 말씀하셨다. 무슨 얘기를 하실까 너무 궁금해서 왜 그러시냐고 물었다.

"키가 커서 거울에 머리 벗겨진 게 안 보여. 얼마나 좋냐, 아들아."

덩치도 크고 운동도 좋아하는 센터장님은 밥도 엄청나게 드신다. 내가 밥을 하면 더 먹어도 되냐고 물으셨다. 밥도 맛있고 국도 맛있다면서 두 그릇을 싹싹 비우셨다. 잘 먹었다는 평범한 말도 센터장님에게 들으면 특별히 더 맛있는 음식을 대접한 것 같아서 힘이 났다. 이모님 어디 가시고 내가 맡아서 밥하는 날이 정말 좋았다.

"아들아, 턱걸이 좀 해. 항상 담배 피우기 전에 턱걸이를 열 개씩만 해. 그럼 삶이 달라져."

반장님들과 흡연장에서 담배를 피우고 있으면 센터장님이 와서 말씀하셨다. 수줍은 성격이기도 하고, 보는 눈도 많아서 나는 턱걸이를 잘 안 했다. 센터장님은 명령조가 아니라 친절한 화법으로 자꾸 턱걸이를 권하셨다. 센터장님 말씀 덕분에 언젠가부터 나는 턱걸이하는 게 습관이 되었다.

춘추 활동복을 입기 시작한 날, 센터장님과 센터 인근의 시장으로 화재시설 점검을 나가게 됐다.

"제규야."

센터장님은 따뜻하고 다정하게 내 이름을 부르셨다. 뭔가 특별한 당부를 할 것 같다는 예감이 들었다. 센터장님은 직접 내 매무새를 단정하게 만져주며 말씀하셨다.

"사람은 항상 깔끔해야 해. 특히, 유니폼을 입고 있을 때는 더. 사람들은 우리 한 사람으로 그 조직을 평가한단다, 아들아."

노후된 아파트 단지를 끼고 크게 활성화된 시장은 점포가 다닥다닥 붙어 있었다. 가건물과 천막이 있어서 화재에 취약할 수밖에 없는 곳이다. 40여 년 동안 크게 변하지 않은 시장이라서 화재 예방 시설도 부족했다. 그래서 하나하나 점검하는 데 시간이 꽤 걸렸다.

소방 점검을 마치고 돌아오는 차 안에서 센터장님은 내게 직원들만큼 일해줘서 고맙다고 하셨다. 고생했다며 밥을 먹으러 가자고 하셨다. 보조 인력이 해야 할 일을 했을 뿐인데, 센터장님이 나를 각별하게 아껴주시는 것 같아서 코끝이 찡했다. 센터장님과 밖에서 단둘이 밥 먹는 것도 제법 좋을 것 같았다. 그러나 이어지는 센터장님의 말.

"아들아, 이모님이 맛있는 걸 해놨는데 그걸 놓치면 안 되지."

그날 119안전센터의 메뉴는 시원시원한 센터장님 성격과 꼭 닮은 콩나물국이었다. 센터장님은 이모님에게 실컷 놀다 온 아이가 엄마한테 하는 것처럼 말씀하셨다.

"이모! 나 배고파! 밥 줘요, 밥!"

이모님은 센터장님에게 스스럼없이 대꾸하셨다.

"왜 이렇게 늦게 온겨!"

센터장님과 단둘이 식당에 앉았다. 국을 한입 드신 센터장님은 이모님이 콩나물국을 기가 막히게 끓인다는 칭찬부터 하셨다. 맛있게 빠르게 무심하게 식사하신 센터장님은 내가 다 먹을 때까지 기다려주셨다.

"아들아. 여기 있으면서 형들 같은 직원들한테도, 손맛 좋은 이모님한테도 뭐든 배워라. 작은 일 하나도 제대로 알게 되면 좋은 거야."

나는 센터장님이 해주시는 당부들이 좋았다. 출동이나 출장을 따라 나가서 소방관들에게 헌신적으로 일하는 태도를 배웠다. 특히 주방에서는 이모님 일하시는 모습을 눈여겨보며 익혔다. 이모님이 큰돈 안 들이고 시원하게 끓이는 콩나물국의 레시피는 이렇다.

봉지에 한가득 든 콩나물을 소쿠리에 넣고 깨끗하게 씻는다. 한 솥 가득 물을 받아 끓인다. 물이 끓으면 깨끗하게 씻은 콩나물과 다진 마늘을 넣고 끓이기만 하면 된다. 소금과 고춧가루만 살짝 풀면, 직원들이 식당에 들어서자마자 맛있겠다며 기대하는 콩나물국이 완성된다.

"재료도 간단하고, 끓이기도 쉽고, 다들 잘 먹어서 자주 끓여."

이모님이 콩나물국을 자주 끓이는 이유였다. 소박한 음식 하나로도 119안전센터 식당 안에는 시원함이 돌았고, 그 안에서 나는 뭐라도 조금씩 배우는 사람이 되어갔다.

06

화재 현장 출동 경험담

육회비빔밥과 달걀프라이

최태원 반장님은 나보다 열 살 정도 연상인데 항상 나를 존중해주셨다. 보조 인력인 사회복무요원에게 늘 존댓말을 쓰고 '반장님'이라고 불러주셨다(소방관은 소방사, 교, 장까지 계급을 통틀어서 반장이라 부르고 소방위 이상부터 주임이다). 나중에 최태원 반장님에게 들어보니 "반장님, 반장님."이라고 계속 부르면 후임으로 소방에 들어올 것 같아서 그랬다고 하셨다. 실제로도 나보고 틈만 나면 공부 좀 해서 후임으로 들어오라고 하신다.

평소랑 똑같은 날이었다. 출근 후에 장비 점검과 청소를 하고 센터 지령 컴퓨터 앞에 앉아 있었다. 출동 벨이 울렸고, 지령 컴퓨터에서 지령서가 미친 듯이 뽑혔다. '논에 불이 났다.'는 신고가 지령 스피커를 통해 들려왔다.

지령서를 확인한 최태원 반장님은 서둘러 물탱크차의 키를 챙겨 차고로 달려갔다. 물탱크차의 시동음이 걸려서 나는 센터 앞 도로 통제를 하려고 나갔다. 그런데 반장님이 나를 불렀다. '귀소 명령이 떨어졌나 보다.'고 생각했다.

"제규 반장님, 탱크차에 타요!"

최태원 반장님은 다급한 목소리로 외쳤다.

"제규 형! 한번 나갔다 와봐. 이런 경험 언제 해보겠어요?"

센터장님도 뒤에서 크게 말씀하셨다. 아마 큰불이 난 게 아니고 교통정리 위주여서 날 탱크차에 태우려고 한 것 같았다. 진짜로 이런 경험을 언제 해볼까 싶어서 얼른 탱크차에 탔다. 사실 세 번째로 나가보는 화재 출동이었다.

처음 나간 화재 출동은 대응 1단계 화재로 큰 화재였다. 소나기가 쏟아지는 날이었지만 산처럼 쌓여 있는 폐기물에 붙은 불은 꺼질 생각을 하지 않았다. 소방관들은 공사장에서 쓰는 크레인과 장비들로 폐기물들을 걷어내 안쪽까지 번진 불을 껐다. 나와 같이 출동을 나갔던 보조 인력은 소나기를 맞으며 뒤에서 직원들 보조와 교통정리를 했다. 우비를 입었지만 몸은 젖었고 추웠다. 축축하고 무거워진 몸으로 현장에서 잡일을 하니 저절로 짜증이 났다. 퇴근하려고 환복할 때 보니 속옷까지 젖어 있었다. 불은 일주일 동안 꺼지지 않았고 나는 이틀간 그 현장에 출동했다.

우리 지역은 항구도시, 선박에 불이 붙은 사건이 일어났다. 지금은 다른 센터로 발령 난 조리과 출신 반장님이 물탱크차를 운행할 때 같이 나가자고 하셨다. 큰불이 아니니까 같이 갔다 오자고. 현장에 도착하니 차에서 대기하라는 무전이 왔다. 기다리고 있는데 귀소 명령이 떨어졌다. 돌아오는 길에 반장님이 "나는 입맛이 예민하고 음식을 가리는데 네가 한 수육이 정말 맛있었다."고 했다. 반장님이 들려준 이야기 덕분에 정박한 배 위에서 발생한 화재는 소방이, 운행하는 배 위에서 발생한 화재는 해경이 처리한다는 것도 알았다.

세 번째 화재 현장 출동도 이전과 크게 다르지 않을

것이라고 짐작했다. 그러나 평소 출장이나 화재시설 안전 점검 때만 타던 탱크차를 타고 진짜 화재 현장에 출동하는 기분은 새로웠다. 큰 사이렌 소리와 우렁찬 경적에 비켜주는 차들을 보니 심장이 빠르게 뛰고 긴장되었다. 그 느낌이 싫지는 않았다.

"제규 반장님, 내가 현장에서 잘 못 챙겨줘도 이해해줘요. 다른 센터 보조 인력들과 교통정리랑 뒷정리만 같이 해주세요."

최태원 반장님의 말씀을 듣는 사이에 희미하게 연기가 보였다. 미리 선착한 다른 센터 펌프차 하나가 보였다. 반장님은 창문을 내려서 확인했다. 선착한 다른 센터 펌프차 반장님은 펌프차에 물이 다 떨어져서 근처 소화전에서 물을 채우는 중이었다. 꽤 심각한 상황. 지령서에서 본 대로 논에 불이 붙어 타고 있었다.

최태원 반장님은 빠르게 현장으로 달려갔다. 나는 차에서 내려 고인목을 대고 반장님의 장비를 꺼냈다. 무거운 방화복과 장화를 꺼내 반장님 장비 착용을 도와드렸다. 헬멧까지 다 착용한 반장님은 불길 속으로 뛰어 들어가면서 말씀하셨다.

"제규 반장님! 현장은 너무 위험하니까 교통정리 하

다가 제가 부르면 그때 와줘요!"

나는 탱크차에서 경광봉을 꺼냈다. 도착한 경찰과 같이 교통정리를 하는 중인데 멀리서 소방 주임급 정도 되시는 직원분이 나에게 "탱크차 #&$% 눌러!"라고 명령하셨다. 큰일 났다. 뭐라고 말씀하는지 못 들었다. 현장은 혼란스러웠고 내 머릿속은 더 혼란이었다. 다른 센터 반장님이 뛰어와서 누르고는 내 얼굴을 쓰윽 보고 가셨다.

"저희 센터 보조 인력이에요! 관창 보조 좀 해줘요."

긴박하고 정신없는 현장 속에서도 최태원 반장님이 나를 보셨는지 크게 말씀해주셨다. 관창에서 나오는 물의 방수량은 어마어마하다. 뒤에서 소방 호스를 잡아주어야 한다. 최태원 반장님 뒤에서 호스를 잡고 열심히 돌아다녔다. 불이 어느 정도 꺼지자 화재조사반이 보였다. 무전기로 귀소 명령이 떨어졌다. 숯검댕이 된 반장님의 방화복을 받고 장비들을 탱크차에 실었다. 관창과 호스를 정리하고 차에 탔다. 최태원 반장님이 침착한 목소리로 무전을 쳤다.

"지곡 탱크 귀소하겠습니다."

멋있었다. 속된 말로 뽕이 찼다.

최태원 반장님과 같이 출장을 가거나 현장에 다니면

서로의 취향을 발견한다. 반장님과 나는 잘 맞는다. 여유가 생기면 차에서 노래를 듣는데 놀라울 정도로 취향이 비슷하다. 땀내와 탄내, 그리고 좋아하는 노래들이 흘러나오니 분위기는 꼭 붉게 타는 저녁놀을 보는 듯 감상에 빠지기 좋았다.

"제규 반장님, 현장에서 진짜 잘했어요. 어떤 사회복무요원이 이렇게 해? 진짜 나중에 내 후임으로 와요. 내가 잘해줄게. 공부 좀 해. 근데 우리 밥도 못 먹었네요."

"남겨놨겠죠! 없으면 제가 후딱 요리할게요."

귀소하는 탱크차 안에서 이야기는 끊이지 않았다. 반장님이 지역대에서 근무하며 청사 이전 공사 작업할 때 나도 같이 한 일, 반장님이 처음 임관해서 소방사 시보로 근무할 때 나도 소방서에 막 사회복무요원 시작한 일, 사는 동네가 비슷해서 오며 가며 여러 번 마주쳤던 일을 이야기했다. 같이 좋아하는 노래를 들으며 귀소길에 오르니 금방 우리 센터에 도착했다.

직원분들이 고생했다고 따듯하게 맞아주셨다. 호스 뒷정리, 차량 관리, 방화복 세탁은 우리가 할 테니 올라가서 식사 먼저 하고 씻고 오라고 하셨다. 나도 팀원이 된 것 같아서 뿌듯했지만 너무 배고팠다. 식당에 올라가서 냉장고를 열어 보니 육회비빔밥 두 그릇이 남아 있었다.

"최태원 반장님~ 고생하셨습니다! 달걀프라이 몇 개 드실래요?"

"두 개 부탁해요."

난 프라이팬에 기름을 잔뜩 두르고 총 네 개를 튀겼다. 비빔밥과 콩나물국이 냉장고에서 식었어도, 몸에서 땀내와 탄내가 났어도, 화재 현장에서 나도 작은 보탬이 되었다는 생각에 밥이 술술 넘어갔다. 지금까지 먹어본 육회비빔밥 중에서 최고였다. 아마도 화재 출동 같이 갔다 온 최태원 반장님과 먹어서 그랬을 수도 있다.

"제규 반장님, 씻어요~ 수건 없으면 내 꺼 써요."

샤워실에서 씻고 나온 최태원 반장님이 말씀하셨다. 나는 간단하게 씻을 생각이었는데, 몸에 물이 닿자마자 검은 물이 바닥에 쏟아졌다. 손톱 밑에는 재와 흙들이 껴 있었다. 공들여서 깨끗하게 씻을 수밖에 없었다.

대기실에서 기분 좋게 있는데 출동 벨이 또 울렸다. 반장님과 함께 내려갔는데 속보기 출동 벨이었다.

"오작동 확인되었습니다. 출동하지 마세요."

스피커에서는 방송이 흘러나왔다. 그날 퇴근하면서

생각했다.

'아싸! 자랑거리 하나 생겼다. 거의 평생 술안줏거리 지 뭐. 언제 이런 일 해보겠어.'

07

더위를 잊게 하는 새콤함

김치찌개와 쫄면

유쾌한 대식가 최기호 센터장님이 다른 센터로 발령이 났다. 거인이 사라졌지만 이모님은 여전했다. 식사하는 직원들에게 와서 묻곤 하셨다.

"뭐 먹고 싶은 거 있어?"

"막내 반장, 뭐 좋아해?"

그날은 조금 달랐다. 2팀 막내 반장님과 구급 메인 반장님이 이모님이 질문하기도 전에 돼지고기 김치찌개와 쫄면을 먹고 싶다고 했다. 식당 올라오기 전에 같이 말을 맞추신 것 같았다. 이모님은 다음에 김치찌개에 쫄면을 하겠다고 약속하셨다.

날씨가 슬슬 더워졌다. 아침에 출근해서 청소하고 장비 점검하고 나면 땀으로 범벅이 되었다. 아무것도 하기 싫게 축 처지는 날도 있었다. 그래서 대기실로 올라가 몸을 식히곤 했다. 그날은 이모님의 큰 목소리가 대기실에 울려 퍼졌다.

"왜 이렇게 더운 것이여! 입맛도 없는데 쫄면이나 무칠까? 어떠, 제규?"

항상 그렇듯이 나는 좋다고 했다. 이모님은 장 봐온 바구니를 가리켰다. 업소용 대용량 쫄면과 채소들이었다. 이모님은 쫄면 좀 떼어달라고 하셨다. 입대하기 전 일했던 레스토랑에서 재고 정리할 때 본 적 있는 브랜드의 쫄면이었다. 센터에서 보니 어쩐지 좀 반가웠다.

레스토랑에서 쫄면이 나갈 때면 샐러드 파트 사람들 일이라서 레시피를 딱히 외운 적은 없었다. 가끔 재료 준비 시간에 파스타를 삶으면서 옆에서 같이 면을 삶은 적은 있었다. 그 이외에는 접한 적 없었다. 처음 알았다. 쫄면은 비닐에서 까면 통으로 꽉 붙어 있다는 것을. 그걸 찬물에 헹구면서 떼어야 한다. 이모님 말씀에 따르면, 일일이 하나하나 떼어야 삶았을 때 붙지 않고 잘 익는다고 한다.

이모님과 주방에 나란히 서서 쫄면을 떼는 작업은 생각보다 쉽지 않았다. 손이 큰 내가 힘 조절을 조금만 못해도 떼어지지 않고 익지 않은 쫄면들이 부서져버렸다. 이모님이 큰 소리로 나를 다독여주셨다.

"뭐 하는겨! 부서진 걸 누가 먹어? 천천히 혀, 천천히. 시간 많아."

쫄면을 다 떼고 나서 야채를 손질했다. 당근, 양파, 오이, 양배추를 가늘고 길게 채 썰었다. 이모님은 고추장에 물엿, 다진 마늘, 참기름을 넣고 양념장을 만드셨다. 팀장님이 신 걸 좋아한다며 식초를 왕창 넣으셨다.

이모님은 새끼손가락으로 양념을 찍어서 내 손등에 묻히셨다.

"어뗘? 간을 봐봐."

새콤하고 매콤한 양념이 더위에 지쳐서 사라진 입맛을 불러왔다. 나는 솔직하게 대답했다. 엄청 맛있다고.

"맨날 맛있디야, 맨날!"

이모님은 언제나 그렇듯 호탕하게 웃었다.

이모님은 큰 솥에 쫄면을 삶고 찬물에 빨듯이 쫄면을 헹궜다. 쫄면 삶은 물에 콩나물도 데치셨다. 모든 재료 준비를 끝냈다. 나는 이모님과 이야기하며 김치찌개를 끓이고 고기 반찬을 만들었다.

식당은 맛있는 음식 냄새로 가득 찼다. 식사시간 30분 전인데도 이모님은 쫄면을 버무리지 않으셨다. 이모님 성격이면 음식 다 만들어놓고 여유롭게 커피 한 잔 마시며 텔레비전 볼 시간인데. 나는 참지 않고 질문을 했다.

"이모님, 쫄면 안 버무리세요?"

"아잇! 알 만한 사람이 왜 그러는겨! 야채에서 물 나오니께 맛없어! 먹기 직전에 버무릴 거여."

식사 벨 누르기 3분 전, 이모님은 비닐장갑을 끼고 쫄면을 버무리셨다. 나는 찌개와 반찬을 다 세팅하고 식사 벨을 눌렀다. 이모님은 직원들에게 맛있게 드시라면서 대기실로 갔다. 입에 침이 고인 듯한 직원들은 식판에 쫄면을 한가득 담았다. 다들 크게 한입 드시는 표정을 보니 마음이 놓였다.

뒤늦게 지도관님이 안 보인다는 걸 알았다. 설강민 반장님에게 물어봤더니 출장 가셨다고 했다. 설강민 반장님은 음식을 조금만 남겨달라는 부탁을 했다.

모두 식사를 마치고 내려가자 이모님이 대기실에서 나오셨다.

"다들 쫄면 맛있게 드신겨?"

"네! 입에 맞는지 두 번 드신 분도 있어요. 그리고 지도관님 오늘 출장이라서 식사 늦게 하신대요."

이모님은 식사한 뒤에 활기차게 뒷정리를 하셨다. 뒤늦게 오신 지도관님은 "오늘 밥은 뭘까?" 흥얼거리며 밥을 푸셨다. 나는 남겨둔 반찬과 찌개를 꺼내서 차려드렸다. 쫄면이 면발은 별로 없고 야채만 가득해서 마음에 걸렸다. 지도관님이 눈치챘는지 야채만 먹어도 된다면서 나보고 대기실 들어가서 쉬라고 하셨다.

다음에 내가 밥할 때는 시고 매콤한 비빔국수를 해야겠다고, 또 다들 많이 드시니까 양을 넉넉히 해야겠다고 생각했다.

08

한여름의 맛,
시민들의 마음

달콤한 수박

소방서에 출동 벨이 울리는 대신 간식이나 과일, 음료 등이 도착한다. 병원, 단체모임, 종교단체에서 보내주는 것들이다. 거의 매일 가는 마트뿐 아니라 소방서 근처의 상인들도 유니폼 입은 소방관들에게 뭐라도 더 주려고 한다. 너무나 흔한 아이스 아메리카노나 붕어빵을 살 때도 호의를 베풀어준다. 고생하고 희생하는 직업에 대한 존경의 마음을 그렇게 표현해주시는 것 같았다.

인사이동이 있던 7월이었다. 관할 지역의 한 병원에서 고생한다며 커다란 수박 세 통을 119안전센터로 보내주었다. 숫기 없는 나는 병원 관계자들과 직원들이 말씀 나눌 때 약간 어색하게 인사하고 커피를 내어드렸다. 내 자리로 돌아와서는 소방관들이 수박을 맛있게 드실 방법을 생각했다.

"제규야, 수박 잘라 올래?"

병원 담당 선생님들이 돌아가자 팀장님이 말씀하셨다. 나는 기다렸다는 듯이 식당으로 올라갔다. 점심식사 준비 중인 식당 이모님에게 방해되지 않게 플라스틱 도마와 칼을 챙겨서 한쪽 테이블로 나왔다.

사회복무요원이 되기 전에 나는 프랜차이즈 레스토랑에서 일했다. 뷔페 샐러드와 과일 파트에서 수도 없이 사과, 수박, 참외, 열대과일 등을 깎아봤다. 어떻게 해야 빠르게 깎으면서도 모양을 예쁘게 잡고 먹기 편하게 자르는지 알고 있었다. 수박 세 통 해체하는 건 간단한 축에 속했다.

먼저 수박의 양쪽 꼭지를 평평하게 자른다. 그런 다음

에 수박을 세운다. 위에 보이는 속살을 따라 위에서 아래로 최대한 흰 부분이 없게 수박 모양을 생각하며 칼을 내린다. 동그란 수박의 과육을 생각해서 동그스름하게 깎으면 된다. 수박 껍질을 다 벗기고 나면 먹기 좋게 깍둑썰기하면 된다.

"제가 도와드릴까요?"

내가 수박을 깎기 시작했을 때 임신 중인 홍유영 반장님이 올라와서 말을 걸었다. 우리 센터가 관할하는 지역이 성장하자 본서에서 추가로 지원 나오신 분이었다. 나는 당황해서 중고등학생 때처럼 서술어가 뭉개지는 대답을 하고 말았다.

"괜찮습니다. 요리사 하다가 와서……."

"제가 뭐라고 부를까요? 저기, 의무 소방은 아닌 거죠?"

나처럼 당황한 듯한 홍유영 반장님이 다시 물었다.

"공익입니다. 말 편하게 하십시오."

나는 꽁꽁 언 상태로 말씀드리고 다시 수박 깎기에 몰두했다. 반장님은 수박 깎는 방법이 신기한지 왜 그렇게 하는 거냐고 물었다. 단내가 확 풍기는 수박을 깎으며 안정감을 찾은 나는 친절하게 말씀드렸다.

"이렇게 돌려서 깎으면 교차 오염도 적고 과일 수율

도 좋아요."

한 통을 다 깎았을 때 구급대 반장님하고 이원빈 반장님이 올라오셨다. 서로 도와주겠다고 올라오신 것이었다. 나는 괜찮다고 했다. 세 분 모두 내가 수박 깎는 모습을 구경하셨다. 나는 프랜차이즈 업장에서 일하던 것처럼 해체한 수박을 통에 담았다. 랩핑을 하고 '2팀'이라고 표시해놨다.

반장님은 나한테 어디 레스토랑에서 일했느냐고 물었다. 매장을 알려드렸더니 반장님이 신나 하셨다. 고등학생 때 특별한 날에 즐겨 다녔던 곳이라며 좋아하는 시그니처 메뉴를 읊었다. 시기가 달라서 반장님과 내가 그 레스토랑에서 만난 일은 없었겠지만, 어쩐지 같은 음식을 알고 있는 것만으로도 친해진 기분이었다.

나는 해체한 수박 한 통을 냉장고에 넣고 남은 한 통을 들고 반장님들과 센터로 내려갔다. 수박 깎는 게 은근 일이라며 모두들 나한테 "제규야, 너 정말 소방서에 짱박아라." 하셨다. 소방관 공부를 할 생각이 없는 나는 반장님들의 마음이 고마워서 그저 웃음으로 답했다. 수박은 진짜 달았다. 무더운 날씨를 잠깐 잊을 수 있을 정도로 시원하고 맛있었다.

다음 날 출근해서 냉장고를 열어봤다. 야간팀이 흰색에 가까운 부분만 남겨놓고 수박을 깨끗하게 다 먹어서 뿌듯했다. 마지막으로 남은 한 통은 야간 3팀을 생각하며 깎았다. 이른 시간이라서 식당 이모님은 텔레비전을 보면서 쌀을 씻고 계셨다. 칼과 도마를 들고 냉장고로 가니 이모님이 오늘은 안 도와줘도 괜찮다며 웃었다.

나는 냉장고에서 수박을 꺼냈다.

"내가 처음 근무했을 때부터 매년 수박이 들어오더라고! 맨날 나랑 막내 반장이 자르면서 손목 아팠는데. 잘됐다! 제규 있으니까 잘됐어."

이모님은 내 옆으로 와서 아래층까지 들릴 정도로 큰 소리로 말씀하셨다. 나는 이모님이랑 같이 아침드라마 보면서 수박을 깎고 잘랐다. 이모님은 가장 달고 새빨간 가운데 부분을 내 입에 먼저 물려주셨다.

"먹어. 자격 있어. 원래 요리하는 사람이 가장 맛난 거 시식하는겨."

또 쩌렁쩌렁하게 말씀하셨다. 그러고는 이모님은 살을 발라내고 남은 수박의 흰 부분을 설탕에 절였다. 그렇게 먹는 것도 또 별미라고.

나는 전날처럼 커다란 스테인리스 볼에 썰어둔 수박을 담고 랩핑을 했다. '야간 3팀'이라고 써놓고 이모님과 남은 수박을 천천히 먹었다.

09

음식 잘한다고 뽐내고 싶은 날

보쌈과 비빔칼국수

이모님이 못 나와 내가 요리하는 날에는 내 옆자리에 앉은 박은성 반장님이 혹시 밥을 부탁해도 되느냐고 물어보셨다.

제규, 갑작스럽게ㅠ 미안. 낼 이모님이
못 나오신다고 하네. 밥 좀 부탁해도 될까?

그날은 박은성 반장님이 문자로 보냈다. 흔쾌히 난 좋

다고 했다. 입금된 5만 원을 확인하고 출근했다. 7월이었는데, 센터는 어수선했다. 인사이동이 있어서 새로 오신 분들이 많았다. 인수인계와 장비 점검 때문에 더욱 바빴다.

나는 청소를 하고 마트 가기 전에 담배를 피우려고 흡연장으로 갔다. 거기에 새로 오신 구급반장님이 계셨다. 대학병원 간호사 출신이라는데 정말 '포스 있게' 생기셨다. 지금까지 겪은 구급반장님들은 표정에 뭔가 다정함이 깃들어 있었는데 새로 오신 반장님은 구조대 느낌의 상남자 얼굴이셨다.

"전역이 언제예요?"

다행스럽게도 구급반장님이 먼저 말을 걸어주셨다. 나에 대한 간단한 신상 정보 몇 가지를 물어보고는 "고생해요."라고 마무리 멘트를 하셨다. 그래서 나도 용기가 생겨 입을 뗐다. 뭔가 자랑하고 싶어서 그랬을 수도 있다.

"오늘 식당 이모님 안 나오는 날이라서 제가 밥해요."

센터 앞 마트에서 장을 봤다. 돼지 앞다리살 4만 원어치 사고 만 원을 남겼다. 나는 손을 씻고 식당으로 올라갔다. 수육과 비빔칼국수를 했다. 날이 덥기도 하고 비빔면과 돼지고기는 잘 어울리니까. 무엇보다 새로 온 직원들이 많아서 실력을 뽐내고 싶었다.

예전에 식당 이모님이 들려준 이야긴데, 소방대원들은 주말에 이모님도 나도 출근 안 하니까 음식을 시켜 드신다고 했다. 아니면 만들어져 있는 반찬에 밥만 해서 간단하게 끼니를 때운단다. 이번 인사이동으로 타지로 발령 난 팀장님이 칼국수면을 사놓은 게 있었다. 국수 삶아 드신다고 면을 사 왔는데 다 먹지 못한 면들이 냉동실을 차지하고 있었다.

냉장고를 볼 때마다 치워버리고 싶었다. 그래도 주말에 드실 수 있으니까, 혹은 야간에 출출해서 뭐라도 만들어 드실 수 있으니까 그대로 뒀던 게 아직까지 남아 있었던 거다. 이제 그 면을 해결해야 할 때였다. 나는 면을 바로 삶아버렸다. 이모님이 쓰고 남긴 오이와 당근을 얇게 채 썰고, 양념에 들어갈 마늘과 파를 다졌다. 막상 준비 끝내고 보니 고추장이 없어서 당황했다. 나중에 이모님한테 물어보니 고추장을 밖에다 꺼내놓고 쓴다고 했다. 내가 알기로는 개봉 시 냉장 보관인데……. 뭐 아무튼 없어서 결국 초고추장에 설탕, 물엿, 참기름, 마늘, 파 넣고 비빔장 비슷하게 만들었다. 다행스럽게도 시중에서 파는 비빔장 같은 맛이 났다.

이날은 특히 처음으로 식사하는 직원분들을 의식해서인지 긴장되었다. 이제 새로 발령받은 팀장님, 구급대원, 임신하신 주간 반장님, 그리고 첫 임용되신 반장님까지. 심지어 팀장님은 내 고등학교 동기의 아버지셨다. 대부분 낯설었고 소방서 보조 인력인 내가 요리한다는 것도 모르는 사람들이었다.

속으로 떨려도 식사 준비는 어설프게 하고 싶지 않았다. 보쌈은 사람 수에 맞게 소분하고 비빔칼국수도 넓은 쟁반에 얼음 깔고 랩핑 후 인원 수만큼 나눠서 보기 좋게 놓았다.

식사 벨을 누르니 직원분들이 하나둘 올라오셨다. 고기를 알맞게 소분했는데 뒤로 갈수록 부족할 것 같은 느낌이 들었다. 정확했다. 모자랐다. 마지막으로 배식받는 분은 팀장님. 하늘이 도왔다. 육류를 잘 안 드신다며 나보고 한두 조각만 썰어달라고 하셨다. 맛만 볼 거라고 하셔서 보쌈은 딱 맞게 떨어졌다. 대신 팀장님은 비빔칼국수를 아주 기가 막히게 드셨다. 칼국수면에 비빔 소스를 비빈 건 처음 본다고 신기해하면서 드셨다.

"식당 이모님 안 나오시는 날이 우리 센터 특식 먹는 날이에요."

센터에서 몇 달간 같이 근무한 직원분이 새로운 직원들한테 자랑을 하셨다.

모두 맛있게 드셨다고 했다. 나는 너무 뿌듯하고 기분이 좋았다. 설거지를 하려고 그릇을 정리하는데 내 곁으로 반장님 네 명이 오셨다. 나랑 한 살 차이인 친한 반장님, 새로 발령받은 소방교 반장님, 임신하신 홍유영 반장님, 그리고 새로 임용되신 반장님. 같이 하면 빠르다며 설거지를 하려고 하셨다.

"괜찮습니다. 제가 할게요."

나는 혼자 하겠다고 했다. 솔직히 말하자면, 다른 직원분들이 도와주면 느리고 만족스럽지가 않다. 무엇보다 나 혼자 후딱 해버리는 게 마음 편하다. 다행히도 센터에 오래 있었던 이원빈 반장님이 그릇을 담그면서 다른 분들을 말렸다.

"제규 고집 쎄요. 절대 못 하게 할걸요!"

맞는 말이었다. 하지만 홍유영 반장님도 만만치 않았다. 끝내 뜻을 꺾지 않으셨다. 무거운 몸을 이끌고 고된 일을 하는데 설거지까지 하신다니! 실랑이가 길어지면 휴식 시간은 사라진다. 홍유영 반장님은 이미 손에 물을 묻혔다. 나는 지는 쪽을 택했다. 세제 묻혀서 싹싹 닦은 그릇을 반장님한테 건넸다. 반장님은 물로 헹구셨다. 설거지하는 소리에도 반장님의 질문은 묻히지 않고 또렷하게 들렸다.

"손이 진짜 빠르구나."

내 고집을 한 번도 꺾지 못한, 나보다 한 살 많은 반장님은 설거지 끝날 때까지 날 기다려주셨다. 나는 반장님과 흡연장으로 갔다. 새로 온 구급반장님도 계셨다. 첫인상이 조금 무서웠지만 밥 잘 먹었다고 나중에 가게 차리면 알려달라고 하셨다. 우린 담배 냄새를 빼고 다시 센터에 들어갔다.

10

'남자의 3대 소울 푸드'만으로 부족할 때

깡통햄 버섯야채볶음

하루에 나에게 식사 준비 비용으로 떨어지는 건 5만 원. 주간에 새로 오신 반장님들에게 잘 보이려고 무리한 건 되돌릴 수 없었다. 돼지 앞다리살 4만 원어치 사고 딱 만 원이 남았다. 조금 남겨둔 앞다리살과 만 원의 돈으로 어떻게 해야 하나. 그때 텐션 높은 이모님의 목소리가 계시처럼 들려왔다고나 할까.

"제규야, 밥할 때 괜히 고생하지 말구 돈가스 튀겨."

떠도는 말로 돈가스는 남자의 소울 푸드다. 고등학교

1학년 때 요리를 시작한 나는 돈가스에 빠져서 새벽 5시 30분에 일어나서 튀긴 적도 있다. 옆구리에 치즈가 새지 않는 롤돈가스 만들기에 성공했을 때는 친구들을 불러와서 산더미처럼 쌓아놓고 튀겨 먹은 적도 여러 번 있다.

돈가스는 제육볶음, 국밥과 함께 '남자의 3대 소울 푸드'라고들 한다. 우리 센터는 젊은 남자 직원들이 많아서 당연히 돈가스와 제육볶음을 좋아한다. 더구나 돈가스 재료는 이모님이 항상 상비용으로 정육점에서 사놓으신 게 있다. 이모님은 밥할 때 식단이 약간 부실하다고 생각되면 나를 불렀다.

"제규! 돈가스를 튀길까, 말까?"

불호의 아픔을 겪어본 적 없는 음식 돈가스. 7분 정도 튀기면 후다닥 메인 요리 자리를 차지한다. 이모님이 국을 끓이면 나는 옆에서 이야기하며 돈가스를 튀기곤 했다. 이모님은 반찬이 있으니까 추가로 돈가스 두 팩만 꺼내셨다. 하지만 마지막에 식사하는 분들에게는 살짝씩 모자라 보였다.

오후 4시. 홍유영 반장님이 생글생글 웃으며 퇴근을

하셨다. 나도 야간 식사 준비를 해야 할 시간이었다. 남은 만 원으로 칼국수 면을 사 왔다.

"야간 식사까지 준비해?"

홍유영 반장님이 대기실로 올라오면서 슬쩍 말을 건넸다. 그렇다고 고개를 끄덕이니까 고생하라며 기분 좋게 인사를 하고 가셨다.

나는 주간 식사 준비할 때 앞다리살 수육용을 손질하고 남겨서 모아놨다. 그걸 한입 크기로 잘랐다. 냉장고에 있는 두부를 넣고 김치찌개를 끓였다.

그다음에는 돈가스. 평소 같았으면 두 팩 튀겼을 양이지만 주간에 진수성찬이었던 거 생각하면 양심에 찔렸다. 그래서 과감하게 세 팩을 준비했다. 교대근무 및 인수인계 시간에 반장님들끼리 "우리 주간팀은 수육 먹었는데, 니네 야간팀은 (겨우) 돈가스 먹는다."고 할 것 같았다.

이 야간팀에 있는 최태원 반장님과 출장 나갔다가 들어오면서 좋아하는 반찬에 대해 질문한 적이 있다. 햄과 소시지를 좋아한다고 하셨다. 그리고 원래 그날 주간팀에 있던 반장님 중 한 분이 야간팀으로 옮겼는데 그분도 식사할 때 보면 소시지랑 햄을 좋아하시는 것 같았다.

나는 재빠르게 센터 앞 마트로 가서 칼국수면을 사고 남은 돈으로 깡통햄과 대용량 소시지를 하나씩 사 왔다. 젊은 남자 직원이 많아서 지지든 볶든 부치든 인기 메뉴가 된다. 나는 깡통햄에다가 남은 채소, 버섯 그리고 약간의 굴소스를 넣고 볶았다. 소시지는 한입 크기로 잘라 케찹에 볶았다. 가격이 싼 소시지는 밀가루 맛이 너무 많이나 케첩으로 항상 가려야 한다. 개인적으로 식은 음식을 별로 안 좋아하고 돈가스가 미리 튀겨져 있으면 눅눅해져서 맛없을 것 같아, 야간 직원분들이 출근하면 튀겨야겠다고 생각했다.

어느새 오후 5시. 야간팀 직원들이 하나둘 오셨다. 미리 꺼내놓았던 돈가스를 튀기고, 햄볶음을 만들고, 남은 팽이버섯을 바삭바삭해질 때까지 튀겼다. 값도 싸고 냉장고에서 흔히 굴러다니는 팽이버섯을 튀기면 생각 외로 맛있다.

주간에 비빔칼국수 만들고 남겨놓은 양념장이 있었다. 칼국수면을 삶아서 양념에 비비고 주간 식사 때와 동

일하게 큰 쟁반에 랩핑을 하고 1인분씩 소분했다. 마치 분식집 메뉴 '돈가스랑 쫄면'처럼 잘 어울렸다.

인사이동이 있고 나서 그런지 처음 보는 직원분들이 몇 분 있었다. 소방 유니폼을 입고 음식을 만들고 있는 내가 그분들 눈에는 이상해 보였나 보다. 내가 먼저 정체를 밝혀야 할까 말까.

'사회복무요원입니다. 이모님 안 나오시는 날에 제가 밥을 하는 거예요. 센터 막내 직원한테 식사 준비 시킨 거 아니에요.'

이 말이 목구멍까지 올라왔지만 입밖으로 나오지는 못했고, 나는 그냥 묵묵히 돈가스를 튀겼다.

"제규! 갑작스럽게 부탁해서 미안해요. 그리고 고마워요."

그때 구원의 천사가 등장해서 말씀하셨다. 식당 반장 보직을 맡고 있는 박은성 구급반장님이 유니폼으로 환복하고 오신 거다. 남은 돈가스를 튀기는 나에게 박은성 반장님은 쌀이랑 김치, 달걀 떨어진 게 있느냐고 물으셨다. "식당 담당 처음 하는데 제규 덕분에 편해요."라고 해주셔서 나도 편하고 좋았다.

야간팀 음식 세팅을 마쳤다. 압도적으로 적은 예산으로 준비했지만 주간팀과 비슷한 양과 질로 차려낸 것 같았다. 야간팀 식사 준비가 안 좋은 점은 직원들 리액션을 못 본다는 거다. 새로 오신 직원분들 반응이 궁금하기도 하고 센터에 놓고 온 이어폰도 챙길 겸 슬쩍 식당으로 올라가 봤다. 다들 맛있게 드시는 중이었다. 마음이 한시름 놓였다. 내 기준에서 수육보다 메뉴 파워가 약할 줄 알았는데 나쁘지 않았다. 메뉴 비교당해도 비벼볼 만했다.

> 제규야. 쉬는 날 연락해서 미안한데 혹시 17일(화) 휴가인가요?ㅎㅎ... 예상했겠지만 식당 좀 부탁해도 될까요?

며칠 뒤 박은성 반장님이 카톡을 보내셨다. 나는 좋다고 했다. 반장님은 사비로 베스킨라빈스 기프트콘을 보내주셨다. 안 그러셔도 되는데요.

11

어쩌면
119안전센터의 필수품

인스턴트커피

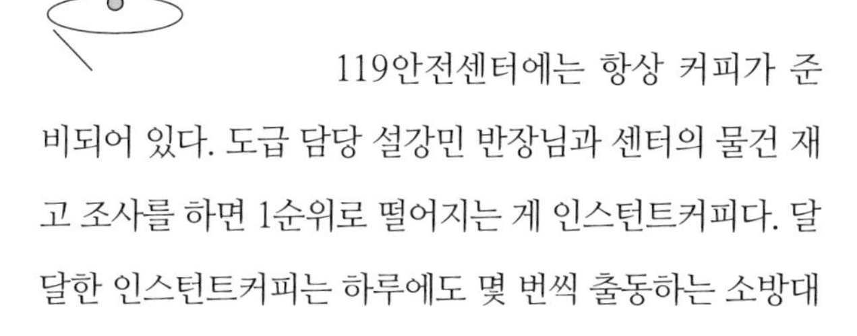

119안전센터에는 항상 커피가 준비되어 있다. 도급 담당 설강민 반장님과 센터의 물건 재고 조사를 하면 1순위로 떨어지는 게 인스턴트커피다. 달달한 인스턴트커피는 하루에도 몇 번씩 출동하는 소방대원들의 피로를 풀어준다.

나는 원래 커피 마시면 잠을 못 자는 편이라서 거의 안 마시고 자제하는 편이었다. 보조 인력으로 센터에 출근하면서부터 마시게 되었다. 직원들 따라서 출장을 나갔다가

오면 어느새 내 손에 인스턴트커피가 들려 있었다.

커피가 내게 특별해진 날은 2021년 3월 4일과 3월 5일이었다. 주간 근무 구급반장님이 출산휴가에 들어가서 구급대에 한 자리가 비는 상황이었다. 나는 아침에 출근해서 간단한 청소를 하고 장비 점검을 마치고 지령 컴퓨터 앞에 앉아 있었다.

"제규야, 오늘 구급대 자리 비니까 출동 벨 울리면 구급차 보조 타볼래?"

갑자기 지도관님이 물어보셨다. 구급대 메인은 응급구조사 1급 베테랑 반장님, 운전도 베테랑 반장님이니까 보조는 크게 할 게 없다며 안심시켰다. 나는 구급차에 타겠다고 했다. 지도관님은 바로 팀장님과 센터장님한테 보고를 올렸다. 사실 처음 출동하는 것도 아니고 본서에서 간단한 응급처치와 장비 이름을 배워서 걱정은 하지 않았다. 다만, 우리 119안전센터는 관할 지역이 넓고 바쁘기로 유명한 곳이라서 힘들까 봐 두려웠다.

구급반장님들은 나에게 출동 나가서 해야 할 일, 감염방지복 착용하는 법, 간단한 응급처치를 알려주었다. 교육이 끝난 후 나는 인스턴트커피 한 잔을 들고 흡연장으로 갔다. 날씨가 우중충하고 비가 내렸다.

빗소리를 들으면서 있는데 출동 벨과 함께 본부 상황실 지령이 내려왔다. 시건(문이나 서랍, 금고 등에 설치하여 함부로 열 수 없도록 하는 장치) 개방 출동 벨이었다. 지령 컴퓨터로 달려가 보니 구조대와 펌뷸런스(펌프차와 앰뷸런스가 같이 출동)가 찍혀 있었다.

교육받은 대로 차고에서 물품을 챙기고 방역지침에 따라 코로나 방역복으로 환복하고 뒷좌석에 올라탔다. 구급차에서 지령서를 자세히 보니 우리 아파트 앞 상가였다. 건물주가 신고했는데 "며칠째 당구장 사장님이 안 보이고 연락도 안 받는다."는 내용이었다.

구급차는 사이렌을 켜고 달렸다. 너무 빠르게 도착해서 신발을 못 갈아 신었다. 그래서 그냥 신발을 벗고 맨발에 방역 신발을 끼워 넣었다. 평소에 지나다니던 집 앞 상가 건물이었지만 유리창에 비친 나는 방역복을 입고 장비를 들고 뛰고 있었다.

상가 건물 앞에는 경찰이 미리 와 있었다. 건물주와 경찰이 우리에게 상황 설명을 해주었다. 꽤 큰 사건이 일어난 현장에 도착하니 긴장해서 심장이 거칠게 뛰었다. 설명을 들은 우리는 심정지 시 필요한 장비들을 챙겨서 당구장으로 올라갔다.

“제규야, 심정지 같으니까 만약 들어가야 한다면 내가 갈게.”

구급 메인 반장님이 말했다. 구조대와 펌프차도 뒤따라 들어갔다. 당구장 앞에서 문을 개방할 구조대를 기다렸다. 몇 초 뒤에 건장한 특수부대 출신 구조대들이 빠루, 망치 등을 들고 성큼성큼 올라왔다. 맨 처음에 문을 부수는 쪽이 아닌, 창문을 통해 들어가자는 구조대장님의 말이 있어서 구조대들은 당구장 위층 창문에 매달려 창문을 열려고 했다. 막혀 있다는 보고를 들은 구조대장님은 경찰과 건물주의 동의를 얻고 망치와 빠루를 문에 끼웠다.

“꽝!”

구조대 막내 반장님은 문을 그 상태로 부쉈다. 굉음과 함께 구조대장님의 명령이 내려왔다. 코로나 방역지침으로 감염 방지복을 입은 내가 먼저 들어가라는 말이었다. 아마 방역복으로 꽁꽁 싸매고 있어서 구조대장님은 내가 직원인 줄 알았나 보다. 구조대장님의 명령 때문에 대신 들어갈 수 없는 구급 메인 반장님이 말했다.

“내가 옆에 있어줄 테니까 걱정하지 마.”

나는 박살 난 문을 살짝 밀어냈다. 처음 맡는 시취였다. 돌아가신 지 꽤 되어 검게 변한 시신이 한 구 있었다.

"나가! 제규야, 눈 가리고 나가!"

구급 메인 반장님은 소리쳤다. 보조 인력인 나에게 트라우마를 줄 수 없어서 그랬다. 하지만 나는 이미 시신을 봐버렸다.

경찰은 '고독사'라고 사건을 종결했다. 소방서 직원들은 나중에 온 경찰에게 사건을 인수인계하고 각자 차로 복귀했다. 나가보니 센터 펌프 반장님들과 팀장님은 빗속에서 교통정리를 하고 있었다.

귀소하는 차 속에서 반장님들은 나에게 고생했다고 말했다. 차고에 도착해서 방역복을 벗고 센터에 들어가니 모두 같은 말을 했다. 고생했다고. 나를 옥죄이고 있던 긴장감이 풀렸다. 나는 구급반장님과 흡연장으로 갔다.

팀장님은 구급반장님들을 불러서 왜 보조 인력을 먼저 현장에 들여보냈냐고 뭐라고 하셨다. 나는 언제 들고 있었는지 모르는 인스턴트커피를 마셨다. 그날은 출동벨이 계속 울렸다. 나도 같이 따라나섰다. 괴롭거나 힘들지는 않았는데 그냥 피로가 엄청나게 몰려오는 느낌이었다. 센터에 귀소할 때마다 반장님들이 건네주는 인스턴트커피를 몇 잔이나 마셨더니 퇴근 시간이었다.

"내일 보자. 고생했어."

일상복으로 갈아입은 나는 어느새 우리 아파트 앞 상가를 지나고 있었다. 건물 앞에는 폴리스 라인이 쳐 있었고, 과학수사대가 도착한 상태였다. 건물 창문에 비친 나는 후드티를 뒤집어쓰고 노래를 듣고 있었다. 불과 조금 전에 방역복을 입고 이곳에 있었던 나의 모습이 겹쳐졌다. 난생처음 본 고독사 현장이 잊히지 않았다.

그다음 날 주간 근무도 전날과 같은 팀이었다. 오전에는 단순 환자 이송이 있었다. 구급대를 항상 택시처럼 이용한다는 사람, 식당에서 넘어진 사람 등 비교적 심각하지 않은 출동밖에 없었다. 점심을 먹고 나니 어떤 출동이 떨어질지 몰라서 조마조마했다.

1팀은 식사 후 항상 커피 내기를 했다. 난 돈이 없어서 내기에 불참하는데 그날은 반장님들이 내 것도 하나 건네주셨다. 시원한 아이스 아메리카노였다. 인스턴트커피와 다르다고, 피로가 깔끔하게 없어지는 것 같다고 좋아하는 순간에 지령 컴퓨터에서 지령서가 뿜어져 나왔다.

"80대 노인 호흡 없음. 코로나 관련 여부는 없다고 합니다."

출동 벨이 울리고 본부 직원 방송도 흘러나왔다. 구급대 모두 차고로 달려갔다. 전날 상황 때문에 구급 메인 반장님이 코로나 감염 방지복을 입었다. 차량에 탄 상태로 나는 지령서를 한 번 더 읽었다.

'80대 노인 호흡 없음.'

구급차는 사이렌을 켜고 빠른 속도로 시내를 달렸다. 난 창문을 열고 다른 차량을 향해 멈추라는 수신호를 보냈다. 거의 모든 차량이 구급차가 지나가게 비켜주어서 빠르게 어느 아파트 현장에 도착했다.

메인 반장님이 먼저 내렸다. 운전 반장님과 나는 주들것과 간이형 들것을 챙기고 엘리베이터에 탔다. 심정지라니, 전날과 비슷한 긴장감이 돌았다. 내 표정을 읽은 게 분명한 반장님들은 긴장 풀고 하던 대로 잘하면 된다고 했다.

감염 방지복을 입은 메인 반장님이 먼저 신고자와 이야기를 하였고 절차에 맞게 코로나 여부와 열 검사를 했다.

"38도 넘어!"

반장님이 굳은 얼굴로 현관문 너머로 외쳤다. 운전 반장님과 나는 주 들것 밑에서 감염 방지복을 입었다. 집 안에 들어가니 놀란 얼굴의 중년 가족들이 있었고 그사이에 80대 어르신이 누워 있었다.

메인 반장님은 심정지가 온 것 같다고 말하고 바로 CPR을 진행하였다. 운전 반장님은 CPR을 교대로 진행하는 중에 본부에 보고했다. 어르신의 호흡이 돌아오지 않자 반장님들은 나한테 차에 내려가서 자동제세동기와 루카스를 챙겨달라고 했다. 구급차가 서 있는 아파트 주차장까지 내려가자 펌프차와 본서 후발구급대 차가 도착해 있었다.

장비를 다 챙기고 엘리베이터에 타려는데 7층에서 움직이지 않았다. 아마 후발구급대가 올라간 상태고 윗집 사람들이 엘리베이터를 잡고 있는 모양이었다. 아무리 생각해봐도 계단이 빠를 것 같아서 양손 가득 장비를 들고 미친 듯이 뛰었다. 꽤 쌀쌀한 날씨였지만 감염 방지복에 고글 마스크까지 써서 모든 땀구멍에서 땀이 났다.

7층에 도착해서 CPR을 하던 반장님에게 장비들을 넘겼다. 펌프차, 후발 구급, 센터 구급대 직원 모두 온 힘을 다해 환자를 응급처치했다. 후발구급대 직원분들이 나한테 CPR 보조를 부탁했다. 배운 대로 나는 직원들이 30번 심장 압박을 하고 난 뒤에 호흡 장치를 한 번 눌렀다. 숫자가 안 헷갈리게 큰 소리로 숫자를 불렀다.

그때 자동제세동기에서 더이상 CPR이 필요하지 않다는 소리가 흘러나왔다. 10명 정도 되는 직원들이 다 같이 환자를 들고 내려가서 센터 구급차에 실었다. 뒷자리에서는 메인 반장님이 최선을 다해 움직이고 있었다. 응급처치 소리를 묻을 정도로 사이렌을 켜고 대학병원까지 달렸다.

환자를 대학병원 응급실로 옮겼다. 의료진은 모두 격무에 시달렸는지 얼굴에 피로가 가득 쌓여 보였다. 메인 반장님은 환자 인수인계를 위해 응급실로 들어갔고 나는 차량에 남아 캔 커피 하나를 땄다. 순식간에 마셨다. 메인 반장님이 차에 와서 루카스에서 나온 심전도 그래프를

의료진에게 가져다주라고 해서 그대로 실행했다.

우리는 귀소했다. 나는 다음 출동과 소독을 위해 차량을 청소하려고 뒷자리 문을 열었다. 긴급한 상황이었다는 걸 알려주듯이 차량 안은 난장판이었다. 언제 출동 벨이 울릴지 몰라서 재빠르게 뒷정리를 했다.

몇 시간 뒤 안타깝게도 센터에서 이송한 80대 어르신이 돌아가셨다는 말을 들었다. 나는 말없이 흡연장으로 갔다. 반장님이 정말 고생했다면서 인스턴트커피 한 잔을 들고 오셨다. 센터에 인스턴트커피가 왜 그렇게 빨리 떨어지는지 비로소 알게 되었다. 달달하고 따뜻한 이 음료는 고단한 소방대원들의 마음을 즉각적으로 달래주는 특식이었다.

12

요리사 출신 소방관에게 받은 칭찬

탕수완자

전날 식당 담당 박은성 반장님에게 '식당 이모님이 코로나 백신 병가를 사용했다.'는 문자를 받았다. 식사 준비 비용 5만 원도 곧바로 내 계좌로 들어왔다. 나는 출근하자마자 장을 보러 가서, 가장 싼 고기인 다짐육을 샀다. 내 얼굴을 아는 마트 직원은 평소보다 고기를 더 많이 주었다.

센터에 도착해서 언제나처럼 청소 먼저 한 뒤에 점심을 준비하려고 했다. 그런데 설강민 반장님이 담배 한 대

피우고 하자고 했다. 흡연장에는 김상협 반장님이 와 있었다. 김상협 반장님은 대학 졸업하고 서울에서 요리사로 일하다가 소방관이 되었다. 그래서인지 출장 갈 때마다 나한테 좀더 신경 써주셨다. 같이 산소탱크 충전하러 갔을 때는 반장님이 식당에서 일했던 이야기도 들려주었다. 그때 귀소하는 탱크차 안에서 해주신 말씀은 선명하게 남아 있다.

"요리사는 힘들고 너무 박봉이니까 공부해서 소방 들어와."

출근한 지 얼마 지나지 않았지만, 설강민 반장님은 급식표에 관심 많은 학생처럼 오늘 점심이 뭐냐고 물었다. 머릿속으로 생각하고 있는 메뉴를 말씀드렸다. 두 분 모두 좋아하는 메뉴였다. 담배를 다 태운 설강민 반장님은 말했다.

"제규야! 오늘은 밥도 해야 하고, 너 어제 청소도 빡시게 했으니까 오늘 청소는 안 하고 넘어가도 돼. 식당 올라가서 네 할 일 해라."

옆에서 듣고 있던 지도관님도 그러라고 하셨다.

나는 2팀이 주간일 때 마파두부를 한 번밖에 해주지

못했다. 조만간 한 번 더 할 계획이었다. 아침 청소를 건너뛰고 구내식당으로 올라갔다. 자주 해봤고 자신 있는 요리여서 그런지 금방 먹음직스럽게 마파두부를 만들었다. 점심식사 시간은 11시 50분. 시계를 보니 아직 10시였다.

그때 홍유영 반장님이 웃으면서 무거운 몸을 이끌고 들어오셨다.

"제규야, 내가 뭐 도와줄까?"

하이톤 목소리로 친절하게 물어봐주셔서 선뜻 바로 대답이 나오지 않았다. 한 박자 늦게, 약간 어색하게 말씀드렸다.

"괜찮습니다. 다 끝났습니다."

"벌써 다 했어?"

홍유영 반장님은 놀라며 메뉴에 대해 물었다. 나는 메뉴를 간단하게 설명하고는 홍유영 반장님과 식탁에 앉았다. 반장님은 임신하셔서 오후 4시에 퇴근하는데, 부부 소방관인 남편의 저녁식사 메뉴가 고민된다고 말을 꺼냈다. 최근에 시어머니께 다진고기를 받았는데 어떻게 써야 할지 모르겠다고 했다.

나는 반장님에게 다진고기로 할 만한 마파두부 레시피를 로봇처럼 또박또박 말씀드렸다. 반장님은 잘 이해가 안 된다고 했다. 꽤 자세하게 설명했지만, 레시피를 말로만 들으니까 감이 안 온다는 거였다. 시간도 남았겠다, 간단한 음식 하나를 더 하기로 했다. 나는 야간팀 식사 준비로 남겨놓은 다진 고기를 조금 빼서 완자를 빚었다.

반장님은 굳이 안 해도 된다며 말렸지만, 시간도 여유 있었고, 무엇보다 친절하신 반장님에게 보답하고 싶었다. 만들면서 조리법을 알려주고 싶어서 최대한 천천히 보여주면서 요리를 했다. 큰 스테인리스 볼을 꺼냈다. 다진고기에 파, 마늘, 소금, 후추, 설탕으로 양념을 했다. 마파두부에 넣고 남은 두부까지 으깨서 넣었다. 재료와 양념을 잘 버무리고 액체류 양념인 간장, 굴소스를 넣었다.

"제규야, 양념을 얼마만큼 넣어야 하니?"

반장님의 눈에는 고기에 양념하는 게 눈 깜짝할 새에 일어난 일처럼 보이셨나 보다.

"다진고기 종이컵 한 컵에 양념 골고루 하시고요, 소금 한 꼬집이면 충분할 겁니다. 완자를 다 만들고 나서는 조금 잘라서 구워 간을 보고 추가로 하는 게 좋아요."

사실 나는 얼버무렸다. 내 감대로 계량 없이 막 넣었기 때문이다. 마지막으로 튀김가루로 농도를 잘 맞추고 조금 잘라서 구워봤다. 처음 만들어봤는데 생각보다 맛있었다. 반장님 입맛에도 맞는다며 눈을 동그랗게 뜨고 레시피를 상세하게 물어보셨다. 나는 완자에 넣은 재료와 양념 양을 그대로 불러드렸다. 반장님은 남편도 좋아할 거라며 신나 하셨다.

간이 딱 맞는 걸 확인한 우리는 남은 완자를 튀겨냈다. 빗소리 같은 튀김 소리가 듣기 좋았다. 반장님은 자신이 간호사 출신이라고 했다. 간호대학 졸업하고 병원에서 일하다가 다시 시험 쳐서 구급대원이 되었다고 했다.

어느새 완자를 다 튀겼다. 완자와 어울릴 만한 탕수육 소스를 꺼냈다. 원래 센터에는 시판용 소스가 있어서 탕수육과 짜장밥 할 때 야채를 조금 넣고 끓이면 탕수육 소스가 완성된다. 꺼내 보니 유통기한이 임박한 탕수육 소스는 거의 바닥이었다. 어쩔 수 없이 소스를 만들어야 했다. 반장님은 탕수육 소스도 직접 만드냐고 물었다.

나는 간장과 물을 끓인 후 냉장고에 남은 야채들을 넣

고 설탕과 식초를 같은 비율로 넣어 한소끔 끓였다. 전분이 없어서 올리고당을 넣어 농도를 맞췄다. 그래도 농도가 안 맞았다. 냉장고에 마늘이 있어서 조금 넣으니 마늘 탕수육 소스가 완성되었다. 생각보다 먹을 만했다. 홍유영 반장님이 찍어 드시고 맛있다고 했다.

"서무 반장님한테 제규 도와주고 온다고 큰소리쳤는데 방해만 하고 가네."

홍유영 반장님은 올 때처럼 웃으면서 1층으로 내려가셨다. 반장님은 내게 도움을 못 줘서 민망해하셨지만 나는 반장님 덕분에 새로운 요리도 만들고 심심하지 않게 시간을 보내서 오히려 좋았다.

완자까지 다 세팅하고 나니까 11시 50분, 식사 벨을 울렸다. 구급대 반장님들이 먼저 식사하기 위해 올라오셨다. 완자를 너무 적게 튀겨서 한 사람당 두 조각씩 드셔야 하는데 깜빡하고 말을 못 했다. 다행히도 조금씩만 가져갔다. 식사를 마치지도 않았는데 구급 출동 벨이 울렸다. 반장님들은 입에 마파두부와 국을 욱여넣고 식당 문쪽으로 뛰쳐나갔다. 나는 식판 세 개를 챙겨서 반장님들 식탁으로 갔다. 항상 식사 중에 출동 벨이 울리면 음식을 식판으로 덮어 놓는다. 출동 마치고 돌아온 반장님들은 남은 음식을 그렇게 드신다.

남은 경방 반장님들과 센터장님, 팀장님이 올라오셨다. 완자가 맛있어 보였는지 반장님들이 생각보다 더 가져가셔서 두 조각만 남았다. 막내 서무 반장님하고 홍유영 반장님도 드셔야 하는데. 그때 홍유영 반장님이 서무 반장님에게 "아까 제규랑 갓 나온 거 주워 먹었어요. 반장님 먹어요."라고 하셨다.

오늘은 배식에 실패했다. '조금 더 만들걸.' 야간팀에서 고기를 조금 빼 온 것이라서 어쩔 수 없었다고 생각해도 아쉬웠다. 식사 도중에 막내 반장님 핸드폰으로 전화 한 통이 왔다. 구급대가 늦게 들어올 것 같아서 병원 구내 식당에서 밥을 먹는다고 했다.

식사 시간 끝나고 뒷정리를 하는데 출동 나가느라 구급대가 남겨놓은 밥이 있었다. 혹시 몰라서 막내 반장님한테 물어봤다. "치울까요?"

반장님이 웃으면서 거의 손도 안 댔다며 그냥 먹자고 했다. 바로 손을 뻗어 드셨다. 고등학생 때 점심시간 막바지에 와서 급식실을 '털어먹던' 게 잠깐 생각났다.

구내식당 정리를 마치고 흡연장으로 내려갔다. 설강민 반장님은 안 계시고 김상협 반장님이 담배를 피우고 있었다. 반장님은 탕수육 소스가 진짜 맛있다고 하셨다. 멋쩍은 듯이 나는 웃으며 담배에 불을 붙였다. 요리사 출신인 김상협 반장님은 칭찬에 인색했다. 전에 마파두부를 만든 날 반장님은 냉정하게 "돼지 민찌에서 잡내가 조금 난다."고 하셨다. 그날 시간이 별로 없어서 돼지고기를 덜 볶고 소스를 붓긴 했다. 그 여파로 돼지 잡내가 조금 났는데, 요리사 출신 반장님은 그 차이를 예리하게 알아챘던 것이다. 그런데 별로 기대도 안 한 탕수완자로 김상협 반장님에게 칭찬을 듣다니! 속에서는 절로 웃음이 나왔다.

어느새 야간 식사 준비할 시간, 슬슬 식당에 올라갔다. 사복으로 환복 후 퇴근하는 홍유영 반장님과 마주쳤다. 반장님은 환하게 웃으며 말씀하셨다.

"제규야, 오늘 점심 잘 먹었어! 나중에 레시피 또 잘 알려줘."

나는 쑥스러워하며 "네." 대답했다.

야간 식사 인원은 주간보다 적어서 마파두부 고기의

양을 조금 더 줄였다. 그만큼 탕수완자 양을 늘렸다. 직원분들이 넉넉하게 드실 만큼 양이 나와서 좋았다. 실패했다가 다시 배식에 성공하니 더 뿌듯했다.

13

패스트푸드에 깃든 평화

햄버거

그날은 오전에 출동 벨이 몇 번 울렸다. 오후에는 센터 앞으로 지나는 차량 소리만 들릴 정도로 고요한 편이었다. 그렇게 덜 바쁜 날에 젊은 반장님들과 운동을 한다. 체력단련실이 넓거나 기구가 좋은 편은 아니지만 있어야 할 건 구비되어 있다. 지친 몸을 풀어주는 안마 의자도 있어서 나름 괜찮다.

승진 시험을 준비하는 신연식 반장님과 운동을 하고는 지령 컴퓨터 앞에 앉아 있을 때였다. 박은성 반장님이 주방 업무를 도와달라고 했다. 쌀과 김치, 달걀의 재고 조사도 필요했다. 주간에만 근무하는 센터장님이 당직 근무를 하거나 석식 먹는 날이 생기면 체크할 노트와 펜도 주방에 설치해야 했다. 나는 창고에서 준비물들을 챙겨 주방으로 올라갔다.

"제규야, 이 벽에 드릴로 뚫으면 나중에 욕먹겠지?"

박은성 반장님은 조금 난감한 표정이었다. 밥솥 옆에 펜과 노트를 그냥 올려두면 센터장님이 안 좋아하실 것 같았으니까. 예전에 설강민 반장님과 흡연장 천막을 설치할 때 케이블 타이로 고정한 게 생각났다. 큰 집게를 선반에 꽂아 걸이를 만들고 노트 스프링에 케이블 타이로 감아 걸어놓았다. 볼펜 뚜껑에도 케이블 타이를 감아서 노트에 석식 기록을 할 때 뚜껑만 따면 되게 만들어놓았다. 센터에 내 발자취 하나를 남겨놓게 되다니, 뿌듯했다. 팀장님이 반장 시절에 센터 식당 벨을 설치했다고 자랑하시던 마음을 확실히 알았다.

밤 10시, 평소 같으면 다음 날 근무를 위해 침대에 누워서 스마트폰을 볼 시간이었다. 그날은 유난히 배가 고팠다. 주간에 신연식 반장님과 어깨 운동을 많이 했던 탓인가.

집을 나와 근처 맥도날드로 갔다.

돌아오는 길에 경찰차 한 대를 보았다. 음주운전 단속을 하는 게 아니었다. 그 뒤로는 센터에서 보던 소방차들이 줄지어 있었다. 학생 때 친구들과 돈 모아서 자주 갔던 치킨집에 불이 난 거였다. 차창을 내렸는데 본서에서 몇 번 뵌 반장님들과 낯익은 센터 직원분들이 불을 끄고 있었다. 꽤 심각한 화재여서 현장은 아수라장이었다.

인사를 드릴 수 없어서 무거운 마음으로 돌아왔다. 조금 전 밖에서 본 광경은 없는 일이기라도 한 듯 우리 집은 평화롭기만 했다. 나 혼자 거실 소파에 앉아서 햄버거를 먹는 게 죄송스럽게 느껴졌다. 센터에서 같이 운동하고 장난치며 이야기했던 직원분들이 새삼 위대하게 느껴졌다.

다음 날 출근하니 화재 진압을 했던 야간팀 반장님들은 녹초가 되어 있었다. 샤워장 세탁기도 계속 돌아가는 중이었다. 밤새 큰 화재 출동이 2건이나 있었다고 했다. 야간팀 설강민 반장님과 김상협 반장님이 말했다.

"제규야. 미안한데, 우리 유니폼 빨래 돌려놨거든. 끝나면 대충 각자 사물함에 던져 놓아줄 수 있어?"

나는 알겠다고 했다.

센터에는 세탁기가 두 대 있다. 유니폼과 기능성 티를 빠는 가정용 세탁기와 크고 무거운 방화복을 빠는 전용 세탁기. 야간팀 직원분들이 차고에 벗어놓은 방화복들을 들자마자 탄내가 확 풍겼다. 나는 방화복들을 들고 차고 뒤 창고로 향했다. 그곳에 소형차 크기의 방화복 전용 세탁기가 있다.

방화복들을 꼼꼼하게 정리했다. 깜빡하고 무전기나 장비를 그대로 넣고 빨면 큰일 나기 때문이다. 김상협 반장님과 출장을 나가면 반장님은 항상 강조했다.

"우리가 들고 있는 물건 중에 무전기가 가장 비싸다."

덕분에 무전기 하나는 잘 챙기게 되었다.

방화복과 방화 신발을 분리하고 내피와 외피를 분리했다. 분리한 외피에 걸려 있는 무전기와 장비, 그리고 혹시 모를 사태에 대비해 외피에 걸려 있는 이름과 계급이 적혀 있는 인식표를 떼 냈다. 모든 걸 분리한 뒤 거대한 세탁기에 인면보호두건과 방화복을 넣었다. 쑤셔넣다시피 했는데도 방화복이 너무 많아 한 번 더 돌려야 했다. 60분 뒤에 세탁이 끝난다는 세탁기 메시지를 보고는 내

스마트폰에도 60분 타이머를 맞춰놓았다. 핸드폰 상태 창에는 장마 예보 알람이 떠 있었다.

차고에 가니 주간팀 반장님들이 뒷정리를 하고 계셨다. 나도 같이 도와드리고 샤워장으로 갔다. 현장에서 일한 오랜 세월이 옷과 장비에 배어 있는 것 같았다. 방화복 바지 밑단은 해져 있었고 장비는 굉장히 낡아 있었다.

흡연장에서 한숨 돌리고 있는데 핸드폰 알람이 울렸다. 담배를 끄고 창고로 달려가서 세탁기에서 방화복을 꺼냈다. 안 그래도 무거운 방화복인데 물에 젖으니 정말 무거웠다. 방화복을 끌어안고 옥상으로 올라갔다. 건너편 건물 옥상에서 우체국 직원 한 분이 웃으면서 통화를 하고 있었다. 전날 밤에 본 화재 현장과 다르게 날씨도 사람들도 맑고 평화로웠다.

나는 직원들의 남은 방화복을 또 돌렸다. 건조기에서 꺼낸 유니폼은 잘 개서 명찰에 맞게 각자의 사물함에 넣었다. 이제 방화복 한 번만 더 널면 되니까 여유가 생겼다. 지도관님에게 보고 올릴 겸 센터로 갔다. 나보고 고생했다면서도 "언제 비가 올지 모르니까 쉬다가도 옥상에 올라가 봐."라고 하셨다.

낡은 방화복까지 모두 다 널어놓은 후 대기실로 올라갔다. 노래를 듣는데 이어폰 너머로 굵은 빗소리가 들렸다. 옥상으로 달려가서 처마 밑으로 방화복을 옮겨 널었다. 순식간에 몸이 젖었다. 그래도 할 일을 마쳤으니까 쉴 일만 남았다. 그때 대기실 전화가 울렸다.

"제규야, 비 온다. 방화복!"

다급한 목소리에 차분한 목소리로 대꾸했다.

"안쪽 처마에 다 널어놨습니다."

14

그릴이나 석쇠가 없어서 난리 난다 해도

고추장삼겹살

출근하니 야간 근무를 마친 직원들과 주간 근무를 시작하는 직원들이 사무실에 모여서 서로 인수인계와 간단한 회의를 하고 있다. 그사이에 나는 다른 반장님들과 차에 소방 장비들을 교체했다. 보통 야간 근무를 한 팀장님의 장비를 빼고 주간 근무하는 센터장님의 장비를 차에 실어놓는다. 그렇게 장비를 다 옮기면 회의를 마친 직원들은 간단한 아침 구호를 외치고 차량 점검 및 장비 점검을 한다. 그동안 나는 반장님들을 보조하고 탈의실과 장비 보관함을 청소한다.

그렇게 아침에 할 일들을 끝내놓고, 노래 들으면서 시간을 보내고 있는데 식당에서 큰 소리가 들려왔다.

"제규! 시간 있으면 나 좀 도와줘."

그동안 이모님은 내가 거들려고 할 때마다 자주 거절하셨다. 편해서 좋지만 습관 들면 안 될 것 같다며 어쩌다 한 번씩만 부탁할 거라고 스스로 다짐하셨다. 그랬던 이모님이 나를 부르시다니. 나는 이모님의 호출이 출동 벨처럼 느껴져서 신속하게 주방으로 갔다.

이모님은 마트에서 양손 가득 식재료를 사 오셨다. 나한테 차 키를 주면서 장 봐놓은 박스를 꺼내 오라고 하셨다. 주차장에 내려가서 차 문을 여니 큰 박스에 여러 양념과 기본 재료들이 담겨 있었다. 박스를 들고 올라온 나에게 이모님은 양념 정리를 도와달라고 했다.

"기본양념들이 다 떨어져서 은성이(식당 담당 반장님)한테 돈 좀 더 받아왔지!"

된장, 고추장, MSG, 간장, 물엿, 설탕, 굴소스 등 기본적인 양념이 들어 있었다.

이모님은 말에 멜로디를 붙여서 "오늘은 무얼 할까나

아~" 흥얼거리셨다. "고추장도 새로 샀겠다~ 고추장삼겹살을 해야겠다~" 스스로 묻고 답가까지 완벽하게 부르셨다. 이모님은 평소처럼 아침드라마와 뉴스를 켜고 텐션 높게 쌀을 씻으셨다. 밥솥에 쌀을 안친 다음에 검정 봉지에서 삼겹살을 꺼내셨다. 그러고는 나를 불렀다.

"제규! 고추장삼겹살 양념을 어떻게 만들까?"

도와달라는 뜻이었다.

이모님과 나는 주방 앞에 서서 머리를 맞대고 메뉴를 짰다. 이모님의 노래는 끝나지 않은 상태였다. "고기가 빨거니까 국은 맑아야겠지~" 이모님은 새로 산 고추장을 뜯었다. 자주 사용하는 국자로 스테인리스 볼에 큼직하게 한 번 덜었다.

이모님은 요리할 때 항상 계량을 하지 않는다. 수십 년 경력에서 나오는 '바이브'로 척척 넣고는 마지막에 간을 보신다. 늘 그렇듯 변함없이 맛있었다. 고추장 위에 물엿과 설탕을 듬뿍 뿌리고 간장으로 맛을 더했다. 마늘도 큼직하게 한 큰술 넣으니 어느새 양념이 완성되었다.

"제규! 간 좀 봐봐."

이모님은 내 손등에 양념을 조금 묻히셨다. 먹어보니 딱 알맞게 간이 되었다. 만능 손을 가진 이모님은 양념이 담긴 스테인리스 볼에 삼겹살을 모조리 쓸어 넣었다. 나는 이모님과 같이 삼겹살에 양념을 묻히고 버무렸다.

"이모님, 이제 국만 끓이면 끝이네요."

"뭔 국을 만들까?"

나는 된장국이 어울릴 것 같다면서 큰 냄비에 물을 받았다. 이모님과 티브이를 보면서 같이 된장국 재료들을 썰었다. 이모님은 찬물에 육수용 멸치, 다시마를 넣어서 국물을 냈다. 물에 된장을 풀고 썰어놓은 재료들을 넣고 끓였다. 보글보글 국이 끓자 이모님이 "칼칼하게 고춧가루도 좀 넣을까?"라고 물었다.

된장국 간을 보니까 갑자기 배가 고팠다. 밥솥에서는 취사가 다 되었다고 증기가 뿜어졌다. 티브이를 보던 이모님이 주걱 하나를 가져와 밥을 저었다.

"지난번에 직원들이 밥이 맛없다고 그랬다니께! 내가 봤을 때 쌀도 문제지만 밥솥이 오래되었어!"

범인을 잡아낸 탐정처럼 한바탕 호탕하게 웃고 난 이모님은 은성이(식당 담당 반장님)나 강민이(도급 담당 반장님)한테 밥솥 좀 바꾸자고 말할 거라고 하셨다.

예전에 식당 예산 문제로 조금 저렴한 쌀로 샀더니 직원분들이 밥맛이 없어졌다고 말을 했다. 다행히도 식당 예산에 여유가 생기자 원래 먹던 쌀로 바꿨다. 이런저런 센터 이야기를 하다 보니 어느새 11시가 되었다.

"제규! 삼겹살 좀 같이 굽자."

이모님이 프라이팬을 꺼냈다. 달군 프라이팬에 삼겹살을 올리자 맛있는 냄새가 식당 안에 퍼졌다. 한 판을 굽고 두 번째 고기를 올렸을 때부터 삼겹살에서 수분과 기름이 나오니 양념들이 사방팔방으로 튀었다.

"뭐여! 이게 뭔 난리여, 난리!"

과열된 양념 속 전분과 당분이 거뭇거뭇해지며 타고 있었다.

이모님은 전에 일하던 회사 구내식당에서 고추장삼겹살을 구울 때 그릴이나 석쇠를 사용했을 것이다. 그런 장비로 구우면 기름과 수분이 틈 사이로 빠져나가면서 튀지 않지만 프라이팬은 다르다. 기름과 수분이 고스란히 있는 프라이팬에선 튀는 양념과 탄내가 있을 수밖에. 나는 우선 불을 줄이고 물 한 컵을 받아서 프라이팬에 부었다.

"이렇게 물을 조금씩 부어가면서 구우면 양념도 덜 타고 기름도 덜 튈 거예요."

이모님을 안심시켜 드렸지만, 기름 많은 삼겹살이라서 아예 튀지 않게 하는 건 불가능했다. 처음보다 조금 덜 튀었을 뿐이지만 그래도 프라이팬으로 구우면서는 이게 최선이었다. 고기는 맛있게 익고 거의 점심시간에 다다랐다. 나는 이모님과 사이좋게 다 익은 고기 한 점을 먹고 너무 맛있어서 손뼉을 쳤다.

이모님은 반찬을 덜었다. 남은 고기를 굽는 내 손등에 큰 양념 하나가 튀었다. 양념으로 쓴 설탕 때문인지 진짜 뜨거웠다. 조리 과정의 일부이기도 하니까 그냥 참았다. 고기를 다 굽고 설거지하면서야 데인 곳을 식혔다.

음식을 다 세팅하고 식사 벨을 눌렀다. 식당에 들어오는 직원들의 표정이 밝았다. "이모님, 1층까지 맛있는 냄새가 나네요." 센터장님이 활기차게 말씀하셨다. 젊은 반장님들은 식판에 음식을 빨리 담고 자리에 앉았다. 모두 맛있게 먹고 내려가셨다.

나는 뒷정리를 하고 내려가서 구급반장님한테 밴드가 혹시 남았냐고 물어보았다. 데인 부분이 빨갛게 올라와 있었다. 통증에 비해서는 아주 작고 하찮은 상처였다. 구급반장님이 화상약을 발라주셨다.

15

깊은 맛의 비밀을 알았다

이모님표 육개장

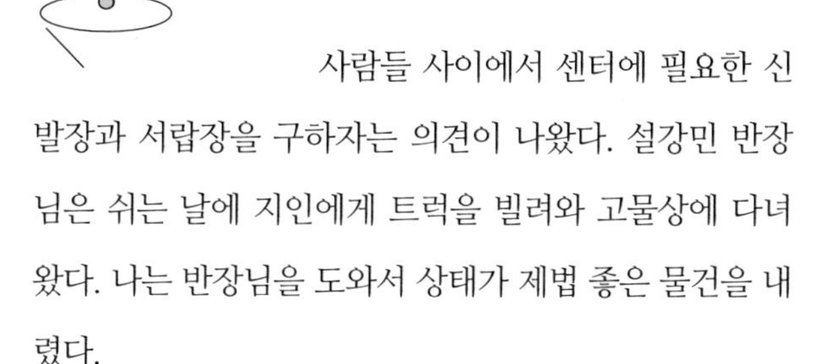

사람들 사이에서 센터에 필요한 신발장과 서랍장을 구하자는 의견이 나왔다. 설강민 반장님은 쉬는 날에 지인에게 트럭을 빌려와 고물상에 다녀왔다. 나는 반장님을 도와서 상태가 제법 좋은 물건을 내렸다.

신발장은 예전부터 계급, 팀 상관없이 마구잡이로 사용하고 있었다. 나는 직원 명단을 팀과 계급순으로 분류해 신발장을 정리하려고 했다. 그때 설강민 반장님이 웃으면서 흡연장 좀 가자고 하셨다.

"제규야, 너 당근마켓 하냐?"

센터에 있는 책상을 하나 버려야 하는데, 이건 당연히 폐기물 스티커를 부착해서 버려야 한다. 스티커를 사면 돈 나가니까 반장님은 '무료 나눔'으로 당근마켓에 올리자고 하셨다. 도급 예산이 있어서 밥솥을 새로 샀는데 전에 쓰던 것도 5,000원 정도에 팔고 싶어 하셨다. 나보고 당근마켓에 글 하나 써서 올리라고 했다.

"아니다, 형이 할게. 너도 신발장 정리해야 하니까. 그럼 고생해라."

몇 분 뒤에 설강민 반장님이 아이처럼 해맑은 표정으로 핸드폰을 내게 보여주었다. 당근마켓에 물건을 올린 페이지를 보여주며 "이 정도면 사람들이 보겠지?"라고 물었다. 나는 반장님 글에 '좋아요'를 누르고는 신발장 정리를 했다. 직원분들은 깔끔해진 신발장을 보고 "그래, 이렇게 깔끔해야 출근했을 때 기분이 좋고 시작이 좋다니까."라고 기분 좋은 말을 건네셨다.

"제규!"

일을 마치고 대기실로 올라가는 중이었는데 이모님

이 불렀다.

“오늘 국으로 육개장 어때?”

나는 좋다고 했다. 이모님의 육개장은 아주 맛있다. 센터에서 항상 작은 국그릇에 떠서 먹는데 이모님이 특식으로 육개장이나 설렁탕을 준비하는 날에는 모두 대접에 가득 먹는다. 그래서 육개장 만드는 방법을 궁금해하던 차였다. 내가 집에서 육개장을 끓일 때면 무언가 깊은 맛이 부족하다고 생각해왔으니까.

육개장을 배울 겸 이모님한테 갔다. 이모님은 먼저 야채와 버섯을 썰었다. 그러고는 간장, 고춧가루, 참기름, 다진 마늘로 양념장을 만들었다. 썰어놓은 재료들과 만들어 둔 양념을 버무려 국에 넣은 이모님이 냄비를 가리키며 말했다.

“제규! 봐봐. 양이 적겠지? 시간이 남으면 재료를 한 번 볶아서 넣는데. 오늘은 좀 대충 해야겠어.”

확실히 주간 직원 전체가 먹기엔 양이 너무 적어 보였다. 그런데 그 순간이었다. 이모님이 선반에서 무언가를 꺼내 국에 부어버리는 게 아닌가! 그것은 바로 육개장 레토르트 한 봉지! 이모님표 육개장을 먹을 때마다 나도 직원분들도 감탄하면서 먹었는데 그게 ‘대기업의 맛’이었다니! 내 표정을 읽은 이모님은 슬며시 웃으며 말씀하셨다.

"국 양이 부족하거나 맛이 안 날 때는 요거 하나 넣으면 딱 맞어."

국자를 젓던 이모님이 다시 입을 열었다.

"그래도 고기~ 양이 좀 부족한 것 같네~ 그려, 안 그려?"

나에게 대답을 구하는 거라기보다는 음률을 넣어 노래하듯 혼잣말을 하시는 거였다. 이모님은 잠시 후 냉동실에 얼려놓은 양지를 국에 넣었다. 육개장이 어느 정도 끓어오르자 나보고 간을 보라고 하셨다. 국물을 한 숟갈 입에 넣어보았다. 꿀꺽. 이전에도 항상 감탄하면서 먹었던, 그 육개장 맛이었다.

새로 산 밥솥에서 증기가 힘차게 뿜어져 나왔다. 뜸 들이고 한 입 먼저 먹어봤다. 밥맛이 진짜 달라졌다. 야들야들했다. 빨리 국에 밥을 말아서 먹고 싶다는 생각이 들었다.

이모님과 같이 수저를 세팅하고 식사 벨을 눌렀다. 직원들이 차례차례 올라왔다. 역시 이모님 육개장은 최고라며 다들 맛있게 드셨다. 가장 늦게 식사를 하는 이모님은 티브이를 보며 남은 국에 밥을 말아 드셨다.

"잘 먹었습니다!"

맛있게 식사를 마친 나는 이모님께 인사를 건넸다. 육개장 맛의 비밀을 몰랐을 때와 똑같이 고마움을 표현했다. 대기업 맛이 섞인 것이면 뭐 어때. 이모님표 육개장은 누가 뭐래도 맛있는데. 이모님은 특유의 큰 소리로 대꾸하셨다.

"왜 그러는 거여, 제규! 그래도 국 맛있었지? 이모가 또 맛있는 거 해줄게."

16

얼굴에 웃음꽃이 피었습니다

삼계탕

한여름 119안전센터에서는 길 건너 아파트 단지에서 우는 매미 소리가 잘 들리지 않는다. 안 그래도 바쁜 우리 센터의 출동 벨이 자주 울리기 때문이다. 화재 진압, 구조, 구급, 생활 안전을 책임지는 소방관들은 야간에는 주취자들의 안전을 신경 써야 하고, 주간에는 벌집 제거, 열사병, 어지럼증 신고를 받고 출동한다.

한번은 센터에서 4번 연속으로 귀소하자마자 벌집을 제거하기 위해 나간 적도 있었다. 설강민 반장님은 두꺼운 비닐 속에 잡아온 벌들을 가리키며 벌술을 담가 먹자는 농담을 하셨다. 독성과 공격성이 강해 시민들의 생명을 위협하는 말벌들에게 나는 딱밤을 때렸다. 두꺼운 비닐 속에 묶여 있으니까 나한테 벌침을 쏘지는 못했다.

"제규야, 벌 탈출하면 네가 다 잡아 와야 된다."

김상협 반장님의 말을 들은 뒤로는 장난을 멈췄다.

이렇게 바쁘고 무더운 여름에 식당 담당 박은성 반장님은 식대를 아껴서 이모님에게 식사 비용을 더 주신다. 특식을 준비해달라는 뜻이다. 이모님은 알뜰살뜰 식비를 조금씩 아껴서 큰맘 먹고 보양식을 준비하시고는 한다.

"제규! 차에서 박스 좀 꺼내줘. 무거워서 못 들겠어."

평소보다 조금 일찍 출근한 이모님이 큰 목소리로 말씀하셨다. 나는 이모님 차키를 들고 내려갔다. 닭 20여 마리가 들어 있는 박스를 들고 식당으로 올라갔다. 닭값이 비싸져서 닭 크기가 작다고 했다. 비록 작은 닭이지만 이모님은 한 사람당 한 마리는 뜯어야 한다고 강조하셨다. 박스에는 건대추와 인삼 등도 있었다.

이모님과 나는 큰 솥 두 개에 물을 받았다. 닭 10마리가 들어가야 하는 솥이라 물을 다 받는 데 시간이 꽤 걸렸다. 가스레인지 위에 솥 두 개를 올리고 나서 이모님과 닭 손질을 했다. 닭 꽁무니를 따고 거기에 재료들과 찹쌀을 넣었다. 이모님의 손이 빨라서 주간팀 먹을 닭을 금방 손질했다.

이모님은 도마를 꺼내 닭과 같이 먹을 고추, 마늘, 오이를 썰었다. 항상 '거대한 단백질 메뉴'(삼계탕이나 수육 같은 것 말이다)를 준비할 때면 이모님은 '이모님표 특제 쌈장'과 오이, 마늘, 고추를 썰어서 세트처럼 같이 낸다.

물이 끓자 각각의 솥에 닭 다섯 마리씩 넣었다. 이모님은 삼계탕에 간을 잘 안 하신다. 대신 꽃소금과 후추를 섞어 큰 접시에 따로 놓으신다.

"제규, 닭 다 익었어? 봐봐!"

식당에 고소한 닭 육수 냄새가 퍼질 때쯤 이모님이 오더를 내리셨다. 젓가락 하나를 들고 닭가슴살 쪽을 잘 찔러보니 부드럽게 들어갔다. 다 익었다. 이모님은 조금만 더 끓이고 벨 누르면 되겠다며 콧노래를 부르셨다.

식사 벨을 누르니 직원들이 기대에 찬 얼굴로 올라왔

다. 이모님이 '복날 맞이 특식'한다고 미리 예고를 해둬서 다들 알고 있었다.

"잘 먹겠습니다."

직원들 얼굴에 웃음꽃이 피었다. 이모님은 무심하게 "간은 알아서들 해서 드슈." 하며 대기실로 들어가셨다.

직원 중 몇 분은 항상 삼계탕이 나오면 비닐장갑을 찾으신다. 그래서 나는 밥 푸기 전에 소금 옆에다가 비닐장갑을 미리 꺼내놓았다. 뒤에서 "오! 제규 센스~!" 하는 소리가 들려서 기분이 좋았다. 모두들 불호 없이 삼계탕을 맛있게 드셨다. 출동 건수가 많은 여름이라 그런지, 오랜만에 나오는 특식이라서 그런지, 먹는 즐거움을 누리는 것 같았다. 하늘도 도와서 식사 시간에 출동 벨이 안 울렸다.

그날은 연가나 병가를 쓴 직원이 없어서 나는 바쁠 일이 별로 없었다. 그래서 나도 음미하듯이 삼계탕을 천천히 먹을 수 있었다. 가슴살은 이모님 특제 쌈장에 찍어 먹고, 마늘과 고추를 곁들여 먹어보기도 했다. 가장 맛있었던 건 국물이었다. 구수하고 담백한 것이 계속 숟가락을 가져가게 하는 맛이었다.

모두가 맛있게 드시고 나간 자리. 이모님이 뒷정리를 하러 식당에 오셨다. 그때 난 대기실에서 노래를 듣고 있었다. 이어폰을 뚫고 들려오는 이모님의 큰 목소리.

"제규! 맛있게 먹었어?"

식당에 나가보니 이모님은 남은 육수에 밥을 말아 드시고 있었다. 나는 정말 맛있게 잘 먹었다고 말씀드렸다. 그러고는 이모님 앞에 마주 앉았다. 우리는 이런저런 이야기를 했다.

"제규 좋겠네! 내일 팀 바뀌어서 주간에 또 삼계탕 나오는데!"

나는 좋다고 했다.

"이 다음다음에는 겉절이랑 수육을 하려고 하는데, 제규는 어쩌?"

나는 이모님이 해주시는 건 정말 다 좋다고 했다.

"맨날 다 좋디야. 싫은 게 없어, 우리 센터 사람들은!"

이모님은 뿌듯해하며 남은 밥을 맛있게 드셨다.

17

이게 다 더위 때문이야

간장 닭갈비와 삼계죽

"제규! 여름휴가 안 가?"

이모님이 큰 소리로 물었다. '나 곧 여름휴가 갈 거니까 대타 좀 부탁해.'라는 뜻을 속에 품고 있는 질문이었다. 직원들도 내게 여름휴가 언제 가냐고 물어봤다. 얼마 전 내가 병무청 체험수기에서 얻은 '특휴' 세 개 때문에 궁금해서 하는 질문일 수도 있었다.

예고한 것처럼 이모님이 여름휴가를 떠나자, 식당 담당 박은성 반장님은 머쓱하게 웃으며 내게 식사를 부탁했다.

나는 더위를 많이 탄다. 몸 자체에 땀이 많은데 출근해서 열이 가둬져 있는 차고에서 아침 장비를 점검하고 장비를 옮기면 땀이 비 오듯 쏟아졌다. 더구나 센터에서 내 자리는 에어컨과 가장 멀리 떨어져 있다. 통유리 앞자리라서 햇빛이 바로 들어온다. 더위에 지쳤던 나는 그날은 처음으로 식사 준비에 힘을 들이고 싶지 않아서 쉬운 선택을 했다. 내가 택한 메뉴는 돼지간장조림.

주야간 식사 비용 5만 원을 받아서 돼지 앞다리살을 2만 5천 원어치 샀다. 앞다리살과 냉장고 속 야채들을 한 입 크기로 썰었다. 간장, 굴소스, 물엿, 파, 마늘을 넣어 간장양념을 만들었다. 간장양념에 돼지고기를 재어 두었다. 조금 남은 간장양념은 야간 식사 때 쓰려고 랩으로 씌워서 냉장고에 넣었다.

주간 식사가 끝나고 다들 맛있게 드셨는지 식판이 깨끗했다. 나는 주방을 깨끗하게 치운 뒤에 대기실로 갔다. 야간에 할 음식이 없었다. 더위에 지쳐서 어떤 음식을 해야 할지 생각이 안 났다. 대기실의 낡은 에어컨까지 꺼지면서 내 스트레스를 더욱 가중시켰다. 머리를 식힐 겸 흡연장으로 걸어가는데 바깥 역시 찜기 속처럼 더웠다.

그래, 그거다. 복날에 이모님과 한 삼계탕을 만들고 싶어졌다. 남은 돈을 들고 마트에 갔다. 닭 한 마리에 6천 원. 남은 돈으로는 턱없이 부족했다. 그렇다고 특식비를 받기에는 마음이 조금 불편했다. 그때 뷔페 레스토랑에서 일할 때 여름 특선 메뉴로 삼계죽을 내던 게 생각났다. 젊은 계층을 타깃으로 운영하는 레스토랑이라서 가족 단위, 또는 중장년층 손님들만 즐겨 먹던 메뉴였다.

삼계죽 레시피를 떠올리며 시뮬레이션을 해봤다. 닭을 해체해서 순살은 볶고 남은 뼈로 닭국이나 죽을 끓여야겠다. 닭 세 마리와 야채 몇 가지를 샀다. 메뉴가 정해지고 나니 이제 요리만 하면 된다는 생각에 마음이 한결 편해졌고 더위도 견딜 만했다.

쌀을 씻으려고 보니 밥솥에 밥이 조금 남아 있었다. 레스토랑에서 일할 때도 남은 밥으로 삼계죽을 끓이곤 했다. 상황이 딱 맞아떨어지는 것 같았다. 야채 먼저 손질했다. 가금류를 만질 때는 교차 오염을 조심하며 마지막에 손질해야 하니까.

죽에 들어갈 양파와 파, 마늘, 당근, 호박을 잘게 다졌다. 그런데 우리 센터는 평균 연령대가 다른 센터에 비해 젊다. 나만의 생각일지도 모르지만 젊은 청년들은 죽을 별로 좋아하지 않는다. 죽은 보통 환자식이나 보양식 느낌이 강하기 때문이다. 나는 밥 없는 삼계죽으로 만들어야겠다고 생각했다.

국을 정했으니 메인 반찬을 생각해야 했다. 냉장고에 넣어놨던 간장양념이 생각나서 간장 닭갈비로 결정했다. 양파와 당근을 한입 크기로 잘 썰었다. 닭은 꽁무니를 따고 닭 허벅지에 칼집을 넣어 손질했다. 그러고 나서 바로 비틀어 연골을 따라 닭을 해체했다. 살이 많은 다리살, 허벅지살, 가슴살, 날개와 봉을 제외한 부분 모두를 국 냄비에 넣어 육수용으로 만들었다. 삼계죽에 넣을 닭가슴살 두 덩이를 남겨놓았다. 순살들을 모두 한입 크기로 자르고 간장양념과 버무려 졸였다. 육수용 냄비에서 육수가 끓기 시작했다.

'이게 뭔 일이여! 누가 야채를 다 썼어?'

야채를 넣어 채수도 뽑고 싶었지만 이모님 목소리가

음성 지원되는 것 같아서 야채는 쓰지 않았다. 예전에 마파두부 만들 때 야채를 다 써버려서 이모님이 출근하자마자 나한테 물은 적이 있었다.

뼈와 연골에서 진한 맛이 나오고 육수가 완성될 즈음 간장 닭갈비에 야채를 넣었다. 육수에서 불순물과 뼈를 건져내고 잘게 다져놓은 야채들을 넣었다. 끓을 동안 장갑을 끼고 뼈에 붙어 있는 자그마한 살들을 싹싹 긁어모았다. 육수를 끓이면서 익혔던 닭가슴살 두 덩이도 결대로 잘랐다. 이제 끓고 있는 죽에 모아놓았던 살들을 넣고 간을 맞췄다. 마무리로 참기름까지 두르니 그럴듯한 밥 없는 삼계죽이 완성되었다.

남은 밥은 프라이팬에 넓게 펼쳐 참기름을 살짝 바르고 누룽지로 만들었다. 국으로 먹을 사람은 국으로 먹고, 죽으로 먹고 싶은 사람은 누룽지를 넣어 죽으로 드시라는 뜻이었다. 시크한 식당 이모님처럼 '알아서 드슈.'라는 느낌을 살렸다.

"오늘 밥 뭐야?"

다 준비하고 보니 야간팀 막내 반장님이 슬쩍 다가오

셨다. 준비해놓은 메뉴를 보고는 맛있겠다고 감탄하며 환복하기 위해 대기실로 들어가셨다. 나는 반장님에게 "죽으로 드시고 싶은 분은 누룽지 넣어서 드세요."라고 말하고는 옷을 갈아입고 퇴근했다.

으! 나는 퇴근길에 OMR 카드 한 칸씩 밀려 쓴 학생처럼 완전 아쉬워했다. 국이 아무리 뜨겁다고 해도 누룽지를 죽으로 만들 수는 없는 노릇인데. 죽이 되려면 누룽지를 넣고서도 아주 푹 끓여야 될 텐데. 더위를 먹어서 생각이 너무 짧았다. 이모님처럼 시크하게 하려다가 망했다. 더위 핑계를 대고 싶은 망작, 그래도 부디 맛있게 드셨기를 바랄 수밖에.

18

소방관들에게 밥을 해준 사람

고구마케이크

"제규야. 니 다시 본서 들어올 거 같은데, 말년에 여기서 나랑 꿀이나 빨자. 외파(본서 제외한 119안전센터)에서 고생 많았다."

본서에서 근무할 때 친했던 의방(의무 소방)의 전화에는 웃음기가 잔뜩 묻어 있었다. 전역은 60일 정도 남아 있었다. 본서로 돌아가면 최고참 말년. 생각만 해도 편했지만 한편으로 너무 아쉬웠다. 작은 센터에서 9개월 근무하며 본서에서는 누릴 수 없는 '준 직원 대우'를 받았다. 인원이 100명 단위 넘는 본서로 들어간다니, 낯을 많이 가리는 나로서는 숨이 턱 막혔다.

"아이고, 고생하셨습니다. 가서 출동 타지 말고 편하게 전역해."

지도관님은 특유의 스스럼없는 태도로 말했다.

"제규야, 별로 가고 싶은 마음 없지? 형이 팀장님이랑 본서 보조 인력 담당 반장님한테 잘 말해볼게."

내 마음을 아는 설강민 반장님은 나를 달랬다. 지도관님은 나보고 진짜 잘하고 있다면서 남은 사회복무요원을 센터에서 마무리하는 게 좋지 않겠냐고 물었다. 나도 본서 가서 느긋하게 지내는 것보다 센터에서 직원들에게 인정받으며 전역하고 싶었다. 그래서 자신 있게 말했다.

"센터에 있고 싶습니다!"

잊고 있었다. 약 4개월 전 본서로 복귀하라는 공문이 내려왔던 것을. 나를 아꼈던 전임 최기호 센터장님이 보조 인력 담당 반장님에게, 그리고 행정과장님에게 요청해서 이 센터에 더 있게 된 거였다. 같은 안전센터에 보조 인력이 9개월 이상 근무할 수 없다는 규정도 있어서 더 긴장하고 있었다.

센터의 실세 식당 이모님은 다른 팀 직원들이 알기도 전에 이미 알고 계셨다.

"제규! 가는겨? 얼마 남지도 않았는데 (본서 직원들은) 뭐 하는겨!"

이모님은 큰 소리로 마구 화냈다. 그러나 원칙은 원칙이고, 안 되는 건 안 되는 거다. 나는 공식적으로 본서로 들어간다고 정해졌다. 소문은 주간 야간 각 팀원들에게 빠르게 퍼졌다.

본서로 돌아가기 이틀 전, 3팀이 주간 근무하는 날이었다. 센터장님은 신연식 반장님에게 오늘 제규랑 점심시간에 밥 먹을 거니까 보고 좀 올려주라고 말씀하셨다. 점심 식사 30분 전 이모님은 음식을 준비하고 앞치마를 벗었다. 사복으로 환복한 센터장님과 나, 그리고 이모님은 센터 바로 옆 식당에 갔다.

센터장님은 나에게 그동안 고생했다며 싹싹하게 잘하는 아이니까 나중에 전역하고도 잘될 거라고 덕담을 건네셨다. 나는 지금까지 썼던 장비들과 짐을 챙기고 본서로 이동할 준비를 했다. 오후 4시에 퇴근하는 홍유영 반장님은 내가 알려준 레시피가 고마웠다고 하셨다. 그때 신연식 반장님이 급하게 내려오라고 하셨다. 뛰어가 보니 커다란 고구마케이크, 빵, 음료수가 센터에 깔려 있었다. 3팀 직원분들이 간식비로 송별회를 열어주는 거였다.

참으려고 했지만 눈물이 조금 났다. 지도관님은 지금까지 많은 보조 인력이 스쳐 갔지만 이렇게 정식으로 송별회를 하는 건 처음이라고 하셨다. 안전센터 모두에게 도움되는 보조 인력이었다는 칭찬을 공식적으로 해주셨다.

그동안 센터에서 있었던 일들이 떠올랐다. 소심한 내가 처음에 어떻게 밥을 하겠다고 용기를 냈는지 생각할수록 좋았다. 과거의 내가 조금 기특했다.

팀장님은 음료수랑 케이크를 나눠야겠다고 이모님에게 말했다. 평소처럼 내가 들고 올라가려는데 막내 반장님이 말했다.

"제가 할게요. 제규 씨 마지막 날이잖아요."

지도관님은 신연식 반장님에게 센터 단톡방에 나를 초대해서 인사하라고 했다. 거의 직원이었다는 농담을 하시면서. 단톡방에 초대받은 나는 케이크 먹는 사진과 함께 그동안 챙겨주셔서 고마웠다는 인사를 하고 단톡방을 나왔다.

송별회가 끝나고 방화장갑, 우비, 3M장갑, 방한용품들을 정리했다. 현장에 나갔을 때 필요한 물건들이었다. 방화장갑은 제일 친했던 신연식 반장님에게 드렸다.

"야, 형 거보다 좋다. 고마워. 현장 나갈 때 니 생각 할게."

신연식 반장님은 바로 손에 끼고서는 애들처럼 환하게 웃으셨다.

"아니, 나 주지 말고 제규 반장 소방 들어오면 그때 써요."

항상 소방에 들어오라고 날 꼬시던 최태원 반장님이 우비를 받으면서 말씀하셨다.

남은 장비들은 센터 창고에 넣었다. 이제 진짜 안녕이라는 생각이 들어 마트에서 각 팀별 음료수와 예산 빠듯한데 자주 떨어진다는 대용량 인스턴트커피를 샀다. 마트 직원분에게도 이제 본서로 돌아간다고 인사를 드렸다. 식당 이모님은 여전히 본서에서 왜 전역 얼마 안 남은 애를 데려가냐며 화를 내셨다.

오후 6시가 되기 10분 전, 나는 모든 분에게 인사를 드렸다. 지도관님과 팀장님은 어깨를 두드려주셨다. 반장님들은 꼭 친한 동네 형들처럼 꼭 소방 들어오라고, 나중에 술 한잔 사주겠다고, 휴무날 같이 게임하자고들 하셨다.

박은성 반장님은 장난스럽지만 현실적인 농담을 하셨다.

"이제 제규 가면 누가 밥해!"

짐을 바리바리 싸 들고 나오는데 신연식 반장님이 뛰어와서 짐을 들어주셨다. 가슴이 찡했다. 차 시동을 걸지 못하고 한참 동안 그대로 앉아 있었다. 집으로 돌아오는 길에 전화를 받았다. 본서 보조 인력 담당 반장님이셨다. 착오가 생겼다고 했다. 본서 출근은 내일이 아니라 내일모레라고. 나는 다시 센터로 돌아가서 짐을 풀었다. 작별했는데 하루 더 만난다는 사실에 모두 웃었다. 나는 평소처럼 인사드리고 퇴근했다.

"내일 뵙겠습니다."

센터에서 하루 더 근무하고 9개월 만에 본서로 출근했다. 본서 센터장님과 직원분들에게 인사를 드리고 대기실로 갔다. 예전에 같이 작업 나가고 현장 나갔던 의무

소방, 사회복무요원들은 거의 다 전역을 해서 대부분 처음 보는 얼굴들이었다. 간단한 작업과 청소만 같이 했다. 출동 벨이 울리면 소방 보조 업무를 배워야 하는 후임들이 나갔다. 나는 말년 의무 소방이랑 체력단련실에 박혀서 운동만 했다. 간간이 119안전센터 직원분들이 본서에 공기 충전을 하거나 일이 있어 들를 때면, 차고 뒤로 달려가 반갑게 인사를 드렸다.

전역이 3일 남았다. 기분 좋게 치킨과 피자를 돌리고 신선처럼 말년들과 대기실에 누워 있었는데 행정과 주임님이 오셨다. 코로나19가 심했을 때 나는 주임님과 같이 20킬로그램 정도 나가는 소독 기계를 들고 관내 모든 119안전센터를 소독했다. 그동안 수고했다며 주임님은 센터 앞 카페로 데려가서 보조 인력 모두가 먹을 커피를 사주셨다. 둘이서 커피를 기다리는 동안 주임님과 센터 이전 공사를 한 이야기, 같이 작업을 나가서 활동했던 이야기를 나누며 추억을 곱씹었다. 나는 의기양양하게 커피를 들고 대기실로 갔다. 먹을 게 있으니까 후임 한 명이 나를 치켜세워 줬다.

"지금 말년이라서 그렇지, 진짜 본서에 있을 때는 에이스셨지."

본서에서 50일을 보내고 전역하는 날. 군복을 입고 출근했다. 동기 형과 같이 센터로 들어가서 직원분들의 축하를 받았다. 소방서장실에서 각 과장님들, 대응단장님과 같이 사진을 찍고 이야기를 나눴다. 그동안 고생했고 사회 나가서 열심히 살라고 다독여주셨다. 마침 월요일 간부 회의가 있는 날이었다. 회의를 마친 119안전센터 전임 최기호 센터장님도 정복을 입고 내려오셨다. 정말 반갑게 인사를 드렸더니 나를 안아주셨다.

본서에서 전역식을 끝마치고 내가 가장 마음을 많이 주고 사랑을 많이 받았던 119안전센터로 갔다. 먼저 센터 앞 마트에 들러서 피로해소제 음료수를 샀다. 군복을 입고 센터에 들어가니 모두 흠칫 보다가 얼굴을 확인하고 활짝 웃으며 나를 반겨주셨다.

"빈손으로 와도 괜찮은데!"

"야! 니네도 군복 입냐? 잘 어울린다."

언제 출동 벨이 울릴지 모르는 가장 바쁜 119안전센터. 나는 오래 머물지 않고 나왔다. 본서로 발령 날 때처럼 신연식 반장님이 배웅 나오셨다.

"제규야! 형이 너 많이 아꼈던 거 알지?"

반장님은 내 어깨를 두드리며 뭐든 잘할 거라고 하셨

다. 나는 반장님의 뒷모습을 보며 잠시 서 있었다.

모든 119안전센터 직원분들이 출동 나갔다가 무사히 돌아와서 따뜻한 음식을 드시기를, 예산이 올라서 밥도 반찬도 더 푸짐하게 드시기를 바랐다. 그렇게 나는 소방관들에게 밥을 해준 사람으로 전역했다.

에필로그

'내가 왜 여기에 있지? 아, 진짜 시간 아깝다.'

처음 본서에 출근했을 때 든 생각이었다. 첫 월급을 받고서도 그 생각은 바뀌지 않았다. 하던 일을 모조리 그만두고 국방의 의무를 해야 하는 게 마음에 들지 않았다. 군인 월급이 아무리 올랐다고 해도, 레스토랑에서 기본으로 받던 180만 원에 훨씬 못 미치는 것도 불만이었다.

내 생각은 본서에서 공장 화재 뒷정리를 하고 나서야 바뀌었다. 보조 인력(의무 소방, 사회복무요원)은 직원들을 도와 방화복을 빨고 간이텐트, 간이침대, 구조대 차량을 청소했다.

'내가 여기 이렇게 있는 게 헛된 시간이 아니구나. 소방관들을 돕는 거구나.'

그날부터 최선을 다했다. 보조 인력이라서 업무는 보조에 그칠 뿐이지만 모든 게 좋았다.

터닝포인트는 한 번 더 왔다. 본서보다 규모가 작은 119안전센터로 발령 났을 때였다. 내가 맡게 된 일들은 더욱 많아졌다. 특히 직원들에게 밥을 해준 날은 잊을 수 없다. 맨 처음 가족에게 요리를 선보인 고등학교 1학년 때나 처음으로 업장에 들어가서 요리를 시작한 순간과 맞먹을 정도로 인상 깊었다. 내가 만든 음식 앞에서 소방관들이 기운을 내고 행복해하는 순간들이 정말 감사했다.

"아들아! 남들 다 하는 군 생활, 누구는 깨닫고 누구는 허송세월로 끝난다. 너는 깨닫고 갔으면 좋겠다."

수많은 보조 인력을 봐온 최기호 센터장님은 말씀하셨다. 나는 군 생활을 끝마칠 무렵에야 센터장님의 뜻을 제대로 알아들었다. 나와 같은 공간에 있는 분들이 현장에 나가 시민들을 구하고 우리의 일상을 유지하도록 도와주고 있었다. 아는 만큼 볼 수 있게 된 나는 119안전센터에서 즐겁게 밥을 하고 전역했다. 맨 처음 식당 이모님이 쉴 때 밥을 하겠다고 나서지 않고 그냥 밥을 시켜 먹을 수도 있었고, 사회복무요원 체험 수기 공문이 내려왔을 때 '아, 이런 게 있구나.' 하고 그냥 넘어갈 수도 있었다. 하지만 기왕 하는 김에 내 발자취를 남기고 뭐라도 하나 더 얻어가고 싶었다. 전역을 한 뒤에 돌이켜보니 최기호 센터장님 말씀처럼 남들 다 하는 군 생활을 흘러가게 두지 않았다. 내가 할 수 있는 모든 걸 쏟아부었다고 스스로에게 말할 수 있다.

사회복무요원의 119안전센터 특식 일지

소방관들을 위한
특별한 한 끼

초판 1쇄 2023년 6월 16일

지은이 강제규

편집 김화영
마케팅 어쩌면 이 책을 읽은 누군가
디자인 지완

도와준 사람들 '봄날의 편집자'(이서연 이슬기 조윤주) 그리고 도상희

펴낸이 김화영
펴낸곳 책나물
등록 제2021-000026호(2021년 3월 8일)
이메일 booknamul@daum.net
블로그 blog.naver.com/booknamul
인스타그램 @booknamul

ISBN 979-11-92441-11-5 03810